Gustav von Moser, B. W. Wells

Der Bibliothekar by Gustav von Moser

Gustav von Moser, B. W. Wells

Der Bibliothekar by Gustav von Moser

ISBN/EAN: 9783743693418

Hergestellt in Europa, USA, Kanada, Australien, Japan

Cover: Foto ©Andreas Hilbeck / pixelio.de

Weitere Bücher finden Sie auf **www.hansebooks.com**

Der Bibliothekar

By Gustav von Moser

EDITED WITH INTRODUCTION, NOTES, AND VOCABULARY

By PROFESSOR B. W. WELLS

AND

Krambambuli

By Marie von Ebner-Eschenbach

EDITED WITH NOTES

By PROFESSOR A. R. HOHLFELD

TORONTO

THE COPP, CLARK COMPANY, Limited

INTRODUCTION.

GUSTAV VON MOSER, the author of *Der Bibliothekar*,
takes much the same place in German dramatic literature
that Labiche does in that of France. His work is sponta-
neous, evidently written without effort, very uneven, seldom
with any deep insight into character. Even the best of
his plays do not touch great problems nor rouse serious
thoughts, but yet, and perhaps for this very reason, they have
long been favorites with the average German audience, and
they are certainly excellently fitted to make a foreigner's
early steps in German pleasant as well as profitable.

Moser was born at Spandau, a fortress town near Berlin,
on the 11th of May, 1825, and is still living (1897). He
received a military education and entered the army at
eighteen. He continued in the service till 1856, when he
married the daughter of a wealthy landed proprietor and
after an unfortunate venture in comedy, *Der weibliche
Hussar*, devoted himself for some years to agriculture. And
here his genius might have slumbered always had not a
chance meeting with the noted theatrical manager Wallner
of Berlin induced Moser to write for his theatre a series of
plays that soon made him one of the most popular drama-
tists of Germany.[1] Among the most successful of these in

---

1 The chronology of Moser's plays has been given in detail in my edition
of *Köpnickerstrasse 120* in this series.

their chronological order are *Das Stiftungsfest*, 1873; *Ultimo*, 1873; *Der Veilchenfresser*, 1876; *Krieg im Frieden*, 1880; and *Köpnickerstrasse 120*, 1884. But among all perhaps the most perennial favor will be granted to *Der Bibliothekar* of 1878. Not that this play is to be ranked among the masterpieces of high comedy. Indeed German dramatic talent of the first rank seldom expresses itself in comedy. But in its kind, as a comedy of situation, *Der Bibliothekar* deserves a high place, second only to the best work of such French masters as Meilhac and Labiche.

Neither Wallner nor Moser invited audiences to their theatre to study character but only to smile at the good-humored caricature of their own foibles. To look for high comedy here would be not only to invite but to deserve disappointment. But the exaggerated treatment of idiosyncrasies will be more easily enjoyed if it is applied to a nation or class foreign to the spectator. Hence Moser lays the scene of this play in England, which for generations has been the familiar hunting-ground of German humorists and a mark for the shafts of a somewhat jealous ridicule. But all this is purely external, and as far as the essence of the play is concerned the scene might as well have been laid in Moser's own house at Görlitz or in Thomas More's Utopia.

The play opens in London, but in the second act we are taken to the country seat of Marsland, an amiable squire, whose daughter and niece are what Scribe would have called "the girls to be married," one of the essential constituents of every comedy. These dainty little creatures are a little coquettish, but quite lovable, and fruits so nearly ripe that they do not cling very closely to the paternal or avuncular bough. They are supposed to be kept in the path of modest propriety by a governess whose sentimental prudery and spiritualism make an easy mark for satire. Now Marsland has engaged as private secretary, or Bibliothekar, Robert, a relative of the governess, who is exhibited to us as a caricature of the awkward, bashful, simple-minded student of the idealistic type. Marsland is going to give a hunt at his country-seat and has invited Harry to come and bring the Bibliothekar with him. Harry, however, substitutes his friend Lothair for Robert, for both those young gentlemen are forced to leave London in haste to escape imprisonment for debt at the suit of the tailor Gibson, an arch-snob, whom they temporarily mollify by a little aristocratic flattery.

It is of course obvious that the playwright has brought Harry and Lothair to Marsland's to provide partners for the "girls to be married," but Moser had displayed some of his most subtle humor in the scenes through which they discover to the audience and to one another who cares for whom. The course of their loves does not run altogether smooth, however. A new character appears, Lothair's uncle Macdonald, just returned from India, rich but determined to disinherit Lothair, whom he has not seen since his boyhood, if he does not show himself a fellow of high spirits, capable of making a racket (*austoben*) on occasion. Lothair has done his best to satisfy his uncle's whim, but the uncle, on going to his rooms during his absence and finding Robert there, takes him for Lothair and arrives at Marsland's country-seat immeasurably disgusted with his supposed nephew. Gibson also appears in pursuit of his runaway debtors but consents to suspend his warrant for arrest if the young men will procure for him an invitation to the aristocratic huntingparty. This they, who are already falling in love with the young ladies, consent to do. In the scenes that follow, Gibson, as the low comedian of the play, cuts a delightfully comic figure. Harry and Lothair pursue the primrose path of dalliance, and everybody is delighted and surprised at the gentlemanly accomplishments of the supposed Bibliothekar, whom Macdonald contrasts, in a rage, with the milk-sop he left behind him in London. Robert now complicates the situation by appearing in his own person at the country-seat and for a series of deliciously comic scenes nobody quite comprehends anybody, until at last the uncle is arrested for the nephew and is charmed to find that his relative is not Robert but a scapegrace after his own heart. He pays the debt, puts everybody back in their proper relations and unites the lovers behind the falling curtain.

Of course such a comedy of errors could not exist in any country outside of Cloud-Cookoo-Town, but it is most excellent fooling, and one must have no sense of humor in his soul if he does not often smile and occasionally laugh over *Der Bibliothekar*.

SEWANEE, TENN. BENJAMIN W. WELLS.

Der Bibliothek

Schwank in vier Akten

Personen.

Marsland, Gutsbesitzer.
Edith, dessen Tochter.
Harry Marsland, sein Neffe.
Macdonald, Rentier.
Lothair Macdonald, dessen Neffe.
Eva Webster, Gespielin von Edith.
Sarah Gildern, Gouvernante bei Marsland.
Leon Armsdale, } Gentlemen.
Patrik Wadford, }
Gibson, Schneider.
Dikson, Wirtin von Lothair.
Robert, Bibliothekar.
John, Kammerdiener bei Marsland.
Trip, Commissionär.
Knox, } Exekutoren.
Griff, }
Ein Commissionär.

Akt spielt in London. — Der zweite, dritte und vierte Akt
auf dem Landsitz bei Marsland.

3

Erster Akt.

Zimmer bei Lothair. (Garçon-Einrichtung[1] — nicht glänzend, doch mit Komfort.[2] Thüren in der Mitte, rechts und links.[3] Vorn rechts ein Fenster. Rechts Tisch und Stühle, links ein Schreibtisch mit Büchern und Papieren.

Erste Scene.

Lothair. Dann Dikson.

Lothair (sitzt auf der rechten Seite — liest einen Brief). Natürlich — 5
natürlich — immer wieder die alte Marotte[4] von dem guten
Onkel — es ist eigentlich zum Verzweifeln. (Legt den Brief hin
und steht auf.) Andere würden zufrieden sein — wenn ein junger
Mann solide[5] und anständig lebt — er hat die fixe Idee,
daß ich austoben[6] soll — ehe er etwas für mich thut. Sol- 10
chen Onkel muß ich[7] gerade haben — ich — dem alles Talent
zum Toben abgeht.[8] Ich habe mir wirklich Mühe gegeben
— ein paar Rechnungen — das ist alles, was ich zu Stande
gebracht[9] habe. Und er hat einen eisernen Kopf[10] — wenn
er erfährt, daß ich hier immer solide gelebt habe — reist er 15
wieder ab und läßt mich sitzen.[11] (Ist auf- und abgegangen — setzt sich
wieder und nimmt den Brief vor.) Wann will er denn kommen?

Dikson (durch die Mitte). Guten Morgen, Herr Macdonald.

Lothair. Guten Morgen. (Liest weiter.)

Dikson (bei Seite). Ich habe es mir vorgenommen — heut' 20
rede ich ihm ins Gewissen.[12] (Sich bemerkbar machend.) Hem —
Hem.

Lothair (sich umwendend). Nun?

3

Dikson. Hier — das ist wieder für Sie abgegeben. (Giebt ihm einige Rechnungen.)

Lothair (faltet ein Papier auseinander). Eine Rechnung? (Giebt sie zurück.) Noch eine — (ebenso) und das ebenfalls. (Ebenso.) Es ist gut.[1]

Dikson. Ich werde sie zu den übrigen thun — ich habe alle Rechnungen zusammengelegt. (Geht nach rechts an den Tisch und legt die Rechnungen auf ein Paket.[2]) Hier.

Lothair. Sie sind eine sehr ordentliche Frau — ich weiß.

Dikson. Herr Macdonald — wie soll das enden?

Lothair. Was?

Dikson (auf das Paket zeigend). Das sind alles[3] Rechnungen.

Lothair. Zerbrechen Sie sich darüber nicht den Kopf — ich wollte, es wären noch mehr.

Dikson. Das ist alles — was er sagt. — Sie waren früher so fleißig — studierten — waren immer so pünktlich —

Lothair. Nun —

Dikson. Jetzt sind Sie mir vier Monat die Miete schuldig.

Lothair. Ich wollte, ich hätte sie nie bezahlt.

Dikson. Ich danke Ihnen. — Aber von mir will ich gar nicht reden — ich habe Vertrauen zu Ihnen.

Lothair. Danke ebenfalls.

Dikson. Doch die andern — Wie soll das enden?

Lothair (lachend). Warten Sie's nur ab.

Dikson. Ich will es Ihnen vorher sagen. Jetzt sind die Leute noch höflich — sie werden dringend werden — dann grob — zuletzt wird eine Hetzjagd angeh'n — Sie werden gejagt werden wie ein Stück Wild von einer kläffenden Meute[4] — —

Lothair (lachend). Bis das Halali[5] im Schuldgefängnis stattfindet. Haha!

Dikson. Darüber kann er noch lachen!

Lothair (ist aufgestanden). Sie meinen es gut mit mir, liebe Frau — ich weiß. (Umfaßt sie gemütlich.)

Dikson. Sehr gut — das weiß Gott — aber wenn ich an das Ende denke — ach, Herr Macdonald — (Weint.) 5

Lothair. Teures Weib — gebiete deinen Thränen [1] (trocknet ihr mit ihrer Schürze die Thränen) so — die Sache ist nicht so schlimm — ich werde Ihnen alles erklären — es ist eine ganz merkwürdige Geschichte —

Dikson. Merkwürdig? 10

Lothair. Ja — ich habe nämlich einen Onkel (es klopft), da kommt jemand. (Schnell ab rechts.)

Dikson. Es geht schon los! [2] — Herein!

Zweite Scene.

Gibson. Dikson.

Gibson (etwas übertrieben modern [3] gekleidet, Hut, kleiner Stock, auffallende Westen, manchmal sehr geziert). Guten Morgen, beste Frau Dikson! 15 Herr Macdonald zu Hause? (Sieht sich um.)

Dikson. Ich weiß wirklich nicht.

Gibson. Der Portier [4] meinte, er sei noch nicht ausgegangen.

Dikson. Es könnte doch sein, daß er von gestern noch 20 nicht nach Hause gekommen ist.

Gibson. Sehr scharfsinnig! — Rauchen Sie?

Dikson. Nein.

Gibson. Es riecht nämlich nach Cigarren! — — Auch scharfsinnig — was? [5] (Auf die Stirn zeigend.) Hier sitzt's. 25

Dikson. Herr Macdonald ist gestern etwas spät nach Hause gekommen.

Gibson. Ja — ja — wie leben diese Herren — o — o —

Dikson. Sie seufzen ja wie ein Quäker.[1]

Gibson. Quäler — nein — ich seufze, daß ich nicht auch so leben kann.

5 **Dikson.** Das können Sie ja.

Gibson. Meine Beste[2] — ich bin Schneider.

Dikson. Ich weiß.

Gibson. Sehen Sie — wäre ich ein ganz gewöhnlicher Schneider — würde ich ganz gewöhnlich leben können — das 10 bin ich aber nicht. (Dikson sieht ihn groß[3] an.) Nein — das bin ich nicht. Die Krapüle[4] ist mir — — scheußlich — ich habe so eine gewisse Sehnsucht nach höheren Sphären.

Dikson. Herr Gibson — Sie haben den Spleen![5]

Gibson. Nein — ganz und gar nicht. Ich bin ein Opfer 15 der Vorurteile. Sehen Sie, in mir steckt das Zeug zu einem vollkommenen Gentleman.[6] Wie? Seh' ich nicht so aus? Betrachten Sie einmal den Anzug. Trägt[7] noch kein Mensch — bring' ich in die Mode. Das ist doch das höhere — wie?

20 **Dikson** (ihn bewundernd). Vorzüglich — aber bei Ihrer Figur.

Gibson. Figur — Figur! — Unsinn — das ist der Schnitt — meine Figur ist schauderhaft —

Dikson. O nein —

Gibson. Ja —! Alles Kunst. Kunststück — ich bin 25 Künstler; — ich gehöre in die höhere Sphäre, das fühl' ich.

Dikson. Ich glaub's.

Gibson. Ich fühle mich nur wohl unter Gentlemen, aber die Vorurteile — die Vorurteile — wenn ich einmal zeigen könnte, welche Rolle ich in der ex — —

30 **Dikson.** Ex — qui — si —[8]

Gibson. Qui — si — — nein — es ist anders —

Dikson. Ex — klu —

Gibson. Exklusiven Gesellschaft spielen könnte — die Welt sollte staunen.

Dikson. Sei'n Sie doch zufrieden. Sie haben ein gutes Geschäft — Sie verdienen Geld — 5

Gibson (in der Tasche mit Geld klimpernd). Geld — Geld — das hab' ich, Gott sei Dank — aber Geld macht nicht glücklich — ich will höher hinauf — ich will zeigen — das ich Schnei— daß ich Gentleman bin.

--- ---

Dritte Scene.

Lothair. Vorige.

Lothair (von rechts). Guten Morgen, mein bester Herr Gibson! 10

Gibson. Herr Macdonald — mein Compliment.

Lothair. Sie wünschen?

Gibson. Ich wollte mich nach Ihrem Befinden erkundigen.

Lothair. Ich danke — es geht mir gut.

Gibson. Gut — freut mich außerordentlich. (Kleine Pause.) 15 Ich hatte mir erlaubt, vor einiger Zeit meine Rechnung zu senden. Vielleicht ist sie nicht angekommen?

Lothair. Ja wohl — sie liegt dort — nicht wahr, Frau Dikson?

Dikson. Ja wohl — hier.

Gibson. Ah so — 20

Lothair. So etwas vergißt man nicht — aber augenblicklich bin ich nicht bei Kasse¹ — ich habe gestern im Klub² Unglück gehabt.

Gibson. Im Klub — so — so — ich höre so oft vom 25 Klub. Ich möchte auch einmal in den Klub — könnten Sie mich nicht dahin mitnehmen — geht das nicht?

Lothair. Mein bester Herr Gibson — der Klub ist eine geschlossene Gesellschaft — nach den Statuten darf man einen Freund mitbringen. Sie sind ein sehr achtungswerter Mann —

Gibson. Ich verstehe. (Zu Tilson.) Seh'n Sie — weil ich
5 Schneider bin.

Lothair. Was die Rechnung betrifft — ich gehe nächstens bei Ihnen vorbei —

Gibson. Vorbei? — Es wäre mir lieber, Sie gingen nicht vorbei — kämen lieber zu mir.

10 Lothair (lachend). Es ist nur so eine Redensart.

Gibson (bei Seite). Die Redensart kenne ich.

Lothair. Darf ich Ihnen eine Cigarre anbieten?

Gibson. Danke verbindlichst. (Nimmt eine Cigarre.)

Lothair (giebt ihm Feuer).[1] Hier ist Feuer.

15 Gibson. Danke sehr. (Zur Tilson.) Netter Mann — ist noch nicht der schlimmste — hat doch Lebensart [2] — dafür bin ich empfänglich.

Tilson (leise zu Gibson). Er wird auch Ihre Rechnung be= zahlen.

20 Gibson. Dafür wär' ich noch empfänglicher. (Laut.) Feine Cigarre — sehr schön; aber so hübsch [3] es hier ist — ich will nicht weiter stören. Herr Macdonald — es ist mir eine große Freude gewesen, einige Augenblicke in Ihrer werten Gesellschaft gewesen zu sein.

25 Lothair. O bitte.

Gibson (zu Tilson). Habe ich Lebensart — was? — ich denke.[4]

Tilson. Gentleman!

Gibson. Das thut gut! (Laut.) Adieu! Herr Macdonald — habe die Ehre! (Ab durch die Mitte.)

30 Tilson (die ihn zur Thür begleitet hat). Adieu — der Sturm wäre [5] abgeschlagen — nun erzählen Sie weiter.

Lothair. Was?

Tilson. Die merkwürdige Geschichte.

Lothair. Ach so — ich habe nämlich einen Onkel —

Tilson. So weit waren wir —

Lothair. Dieser Onkel ist sehr reich. 5

Vierte Scene.

Harry. Lothair. Tilson.

Harry (schnell durch die Mitte eintretend). Sehr gut, daß ich dich treffe, Lothair. (Legt hinten ab.)

Lothair. Guten Morgen, Harry.

Tilson. Erzählen Sie doch schnell weiter!

Lothair. Nachher, meine Beste. 10

Tilson. Ich platze[1] vor Neugier. — (Guten Morgen, Herr Marsland. (Ab durch die Mitte.)

Harry. Lieber Freund — du mußt mir einen großen Dienst erweisen.

Lothair. Ich stehe dir immer zu Diensten. 15

Harry. Du weißt — ich brauchte vor einigen Monaten drei hundert Pfund — Du gabst mir deine Unterschrift.

Lothair. Ja — ich erinnere mich.

Harry. Der Wechsel ist heut' fällig.

Lothair. Bezahlt? 20

Harry. Nein. Der Mann will auch nicht warten.

Lothair. Ja, ich kann doch nicht zahlen.

Harry. Das weiß ich — dennoch kannst du helfen — Du mußt mir den Freundschaftsdienst leisten und dich für mich einstecken[2] lassen. 25

Lothair (giebt ihm die Hand). Ich danke dir für das Vertrauen, das du in mich setzt — aber es scheint mir doch einfacher, wenn du dich einstecken läßt.

Harry. Lieber Lothair — ich habe eine Einladung zu meinem Onkel Marsland — morgen gehen die Jagden an —
5 meine Cousine hat mir einen reizenden Brief geschrieben — ich würde es[1] auf immer verderben, wenn ich nicht käme.

Lothair. Und ich soll für die Cousine ins Schuldgefängnis! — Ist sie wenigstens hübsch?

Harry. Reizend! — Mein Onkel ist reich — ich nehme
10 den geeigneten Moment wahr[2] — beichte — eile auf einen Tag her — öffne die Pforten deines Kerkers — wir fliegen uns in die Arme. — Schönes Bild!

Lothair. Sehr schön! — Aber es geht nicht — mein Onkel kommt — ich erwarte ihn jeden Augenblick.

15 Harry. Ist das der — der die fixe Idee hat —

Lothair. Daß ich toben soll — ja.

Harry. Vortrefflich — er kommt an — findet dich im Schuldturm.

Lothair. Und läßt mich direkt von dort ins Narrenhaus
20 bringen, wenn er erfährt — daß ich sitze[3] — damit du auf die Jagd gehen und Cour schneiden[4] kannst. Wenn du kein besseres Rezept hast zum Toben — — —

Harry. Halt — ich helfe dir — mein Onkel hat sich einen neuen Bibliothekar engagiert — den ich mitbringen sollte.
25 Den Mann lassen wir hier und du gehst so lange als Bibliothekar mit.

Lothair. Soll das getobt sein?[5]

Harry. Es ist immerhin ein Anfang — hier in deinen vier Pfählen[6] kommst du nie dazu — aber dort — vielleicht
30 verliebst du dich — und wenn der Mensch verliebt ist — fängt er an Dummheiten zu machen — das Übrige kommt dann von selbst. Die Idee ist vortrefflich.

Lothair. Aber — —

Harry. Rede kein Wort. (Geht ans Fenster und ruft hinunter.) Herr Robert — bitte — hier herauf — hier — gleich — bitte. (Zu Lothair.) Er wartete unten auf mich.

Lothair. Was willst du thun?

Harry. Du wirst gleich hören — alles arrangieren — und dir zu deinem Glück verhelfen — Dein Onkel soll eine Freude erleben. (Es klopft.) Herein!

Fünfte Scene.

Vorige. Robert.

Robert (ein junger Mann — übertrieben schüchtern, sehr unbeholfen — küster- haft¹ angekleidet — Regenschirm unterm Arm — große Gummischuhe über die Stiefeln). Verzeihung — bin ich hier recht —

Harry. Mein Freund, Herr Lothair Macdonald — Herr Robert — Bibliothekar meines Onkels.

Robert. Verzeihen Sie — der Herr winkte mir — —

Lothair. Bitte, — wollen Sie nicht Platz nehmen?

Robert. Danke sehr. (Setzt sich schüchtern auf eine Ecke des Stuhls.)

Harry. Wollen Sie mir nicht den Schirm erlauben?

Robert (den Schirm festhaltend). Danke sehr — ich könnte ihn vergessen — es ist besser, ich behalte ihn — wenn es Sie nicht inkommodiert.

Harry. Bitte — ganz und gar nicht. (Setzt sich neben Robert.)

Robert. Ich wollte ergebenst fragen, mit welchem Zuge wir reisen — mein Gepäck ist noch im Hotel —

Harry. Sie scheinen es ja sehr eilig zu haben² — gefällt Ihnen denn London nicht?

Robert. Nein — ich bin mein ruhiges Studierstübchen gewohnt — hier ist ein Drängen und Treiben, man wird

wirr im Kopfe — und dann überall steht angeschrieben: vor
Taschendieben wird[1] gewarnt — man hat ja weiter nichts zu
thun, als sich die Taschen zuzuhalten.

Lothair. So schlimm ist das nicht.

5 **Robert.** O doch, mein Herr — gestern, als ich in das
Museum[2] wollte — — kommt mir ein Herr entgegen, teilt mir
sehr freundlich mit, daß gleich geschlossen würde — er mußte
mir wohl den Fremden ansehen[3] und schlug vor, mit ihm zu
frühstücken. Ich dankte[4] zuerst, aber er bat mich, sein Gast
10 zu sein und so nahmen wir eine sehr gute Mahlzeit ein.
Als er bezahlen will — denken Sie — hat man ihm sein
Portemonnaie gestohlen.

Harry und **Lothair** (lachen). Sehr gut!

Robert. Ja, ja — zum Glück hatte ich meins — und
15 konnte bezahlen. — Heute will ich wieder nach dem Museum
— da treffe ich auf der Pferdebahn eine junge Dame — —

Harry. Der man auch das Portemonnaie gestohlen hatte?

Robert. Nein — sie hatte ihre Tante verloren — (Harry
und Lothair lachen) bat mich um meinen Schutz. Wir haben die
20 Tante den ganzen Vormittag gesucht —

Harry. Natürlich vergeblich.

Robert. Ja — aber es war auch nicht umsonst,[5] hat eine
Menge Auslagen gekostet — wenn das so weiter geht, gebe ich
mein ganzes Geld aus. — Darf ich fragen, wann wir reisen.

25 **Harry** (indem er ihm gemütlich aufs Bein schlägt). Mein bester Herr
Robert —

Robert. Entschuldigen Sie. (Schlägt ein Bein über das andere und
reibt sich.)

Harry. Ich habe heut eine Nachricht von meinem Onkel
30 erhalten — es ist Jagd — Sie müssen noch hier bleiben.

Robert. O — hier in London?

Harry. Sie sollen keine Kosten haben — mein Freund Macdonald begleitet mich heut und stellt Ihnen seine Woh‑nung zur Disposition.

Lothair. Das heißt — —

Harry. Das heißt — besser können Sie gar nicht unter‑ 5
kommen.[1] Also ohne Umstände, mein bester Herr Robert (schlägt ihm gemüthlich aufs Bein). Sie bleiben hier.

Robert (wie oben). Entschuldigen Sie. (Reibt sich.)

Harry. Sie holen Ihre Sachen aus dem Hôtel — Ihre Wirtin ist eine nette Frau — die weder ihr Portemonnaie 10
noch ihre Tante verloren hat — Sie werden vortrefflich aufgehoben[2] sein — in aller Ruhe hier leben. Also vor‑wärts. (Steht auf, nachdem er wie oben aufs Bein geschlagen.)

Robert (steht auf). Mein Herr, es ist sehr gütig, daß Sie mir Ihre Wohnung zur Disposition stellen — — 15

Harry (dazwischen tretend). Nur keine Redensarten — es ist nicht viel Zeit zu verlieren — wenn Sie uns noch treffen wollen. (Trägt ihn zur Thür.)

Robert. Verzeihen Sie — ich habe meinen Regenschirm vergessen. (Holt seinen Schirm, der am Stuhl stand.) Empfehle mich 20
ganz gehorsamst — empfehle mich. (Ab durch die Mitte.)

Harry (lachend). Die Stelle, die dieser kleine Mann ausfüllen soll, wirst du viel würdiger besetzen — aber dabei fällt mir ein — einen Kragen[3] müssen wir für dich noch besorgen.

Lothair. Kragen? 25

Harry. Es ist da einmal mit den Gästen etwas[4] vorge‑kommen — seit der Zeit hat mein Onkel die Marotte, daß ein Bibliothekar ein kleines Abzeichen trägt — Du wirst sehr gut aussehen.

Lothair. Je mehr ich mir die Sache überlege, desto mehr 30
sehe ich ein — daß es unmöglich ist.

Harry. Du bist ein schrecklicher Mensch — man muß dich geradezu zu deinem Glück zwingen. Du gehst mit und — hier sind Karten — spielen wir eine Partie Ecarté[1] — wer die Reise bezahlt. (Nimmt ein Spiel Karten und setzt sich rechts an den

5 Tisch.)

Lothair. Wenn ich deinen leichten Sinn hätte! (Beide setzen sich an den Tisch rechts — Harry mit dem Rücken gegen die Mitte der Bühne — Lothair ihm gegenüber.)

Harry. Du hebst ab.[2] (Sie beginnen zu spielen.)

Sechste Scene.

Gibson. Vorige.

10 **Gibson** (durch die Mitte — etwas angeheitert).[3] Morgen — meine Herren.

Lothair. Sind Sie schon wieder hier?

Gibson. Ja — ich bin so frei — hatte vergessen zu fragen — ob ich Ihnen nicht einen Anzug machen soll — wie meiner ist — aber bitte lassen Sie sich gar nicht stören.

15 **Harry** (ironisch). Sie sind sehr gütig. (Im Spiel.) Marque le roi![4]

Gibson. Wenn wir alle drei so Arm in Arm über die Straße gingen — famos[5] — Herr Marsland, soll ich für Sie auch einen Anzug machen?

20 **Harry.** Ich bin jetzt beschäftigt. (Spielt.)

Gibson. Bitte — bitte —! Wieder bei fünf Kunden gewesen — kein Pfund eingenommen. Immer dieselbe Redensart: „Im Klub verloren." Wenn ich nur einmal jemand träfe, der im Klub gewänne. — Jetzt ist mir wieder etwas

25 wohler — habe gefrühstückt — drei Glas Portwein — Gott sei Dank — ich hab's[6] ja. (Klimpert in der Tasche.)

Lothair (während des Spiels). Wollen Sie sich eine Cigarre nehmen — dort —

Gibson. Danke — laſſen Sie sich gar nicht ſtören — ich bin ja hier ſchon bekannt — ich bin ſo frei. (Geht nach hinten und nimmt ſich eine Cigarre.) Netter Mann, der Herr Macdonald — und die Cigarre iſt gut. (Hat ſich Feuer gemacht.)[1] Morgens Kar= ten ſpielen — muß eigentlich ganz amüſant ſein — ich werde mir das auch angewöhnen. (Tritt zu Harry.) Will doch ſeh'n — was Sie ſpielen — o, Ecarté!

Harry. Je propose.[2]

Gibson (ihm in die Karten[3] ſehend). Sie werden doch nicht.

Harry. Bitte, geh'n Sie — Sie bringen mir Pech.[4]

Gibson. Ich bin Schneider — habe noch keinem Menſchen Pech gebracht — aber Sie dürfen nicht proponieren — ſpielen — los.[5]

Harry. Aber — —

Gibson. Los — Schuß.[6] — Sie haben den König und den Buben — den dritten Stich müſſen Sie machen.

Harry. Das iſt ſtark[7] — Sie verraten meine Karte — was fällt Ihnen ein?

Gibson. Sie können nicht ſpielen.

Lothair. Aber, Herr Gibſon.

Gibson. Nein — er kann nicht ſpielen (tritt zwiſchen beide und legt ein Goldſtück auf den Tiſch.) Hier — ich wette ein Pfund — er gewinnt — ich habe noch mehr bei mir. (Klimpert in der Taſche.)

Harry (ſteht auf). Sie ſcheinen nicht ganz bei Verſtande.

Gibson. Oho — riskieren Sie's doch — ich ſpiele[8] ſo hoch wie Sie wollen. — Fürchten Sie nicht, daß ich ſage, werft mich raus — ich bin ein Schneider — hier ſitzen die Moneten. (Klimpert in der Taſche.)

Harry. Jedenfalls haben Sie keine Art und Weise sich zu benehmen. Sie sind kein Gentleman.

Gibson. Was — ich kein Gentleman? — Wissen Sie, daß das meine schwache Seite[1] ist?

5   **Harry.** Es scheint Ihre schwächste zu sein.

Gibson. Ah — das hat mir noch niemand gesagt.

Lothair (zu Harry). Beruhige dich doch. (Zu Gibson.) Das Beste ist, Sie geh'n, Herr Gibson.

Gibson. Das heißt, Sie weisen mir die Thür — immer
10 besser. Nette Gentlemen! — Solche Behandlung ist mir noch nicht vorgekommen. (Nimmt seinen Hut.) Aber es wird sich finden[2] — ich werde Ihnen gegenüber den Gentlemen unterdrücken — wir werden ja sehen. (Er geht bis zur Thür — hört das folgende Gespräch mit an.)

Siebente Scene.

Trip. Vorige.

15   **Trip** (durch die Mittelthür). Herr Macdonald zu sprechen?

Lothair. Sie wünschen?

Trip. Ich habe ein kleines Papier zu präsentieren[3] — ist das Ihre Unterschrift? (Präsentiert einen Wechsel.) Bitte!

Lothair. Allerdings — ja — Herr Marsland — —

20   **Trip.** Zahlt nicht — werden Sie zahlen.

Lothair (achselzuckend). Bedaure!

Trip. Dann wäre mein Geschäft beendet — ich danke Ihnen. (Steckt den Wechsel wieder ein.)

Lothair (spricht leise mit Harry).

25   **Gibson** (zu Trip). Sie haben einen Wechsel auf die beiden Herren?

Trip. Dreihundert Pfund.

Gibson. Ich laufe den Wechsel — ich zahle. Meine Herren — Sie sollen sehen, was ein gereizter Schneider zu bedeuten hat. (Beide ab durch die Mittelthür.)

Lothair. Da haben wir's.

Harry. Ob uns Trip oder Gibson einstecken läßt, ist ganz einerlei — aber jetzt ist die höchste Zeit, daß wir verschwinden. (Seinen Hut nehmend.) Mach' jetzt keine Umstände — wir besorgen deinen Kragen — dann auf die Bahn.

Lothair. Du wirst mich in die schrecklichsten Verwickelungen² stürzen.

Harry. Ich wickle dich auch wieder heraus. Komm nur. (Beide wollen ab.)

— — — — —

Achte Scene.

Dikson. Robert. Vorige.

Dikson (durch die Mitte). Der Herr behauptet —

Robert (ist eingetreten mit kleinem Handkoffer, Plaid, Schirm, Stock — wieder in Gummischuhen).

Harry. Ja, meine Liebe — der Herr wird einige Tage hier wohnen —

Dikson (zu Lothair.) Herr Macdonald — —

Lothair. Ich verreise einige Tage — packen Sie schnell meine Sachen — ich komme gleich wieder. (Will fort.)

Dikson (ihn haltend). Aber erst erzählen Sie mir die Geschichte zu Ende.

Lothair. Die ist sehr kurz — ich habe einen Onkel —

Dikson. Der sehr reich ist — weiß ich.

Lothair. Dieser Onkel hat eine fixe Idee — —

Dikson. Welche?

Harry (der sich leise mit Robert hinten an der Thür unterhalten, ungeduldig). Kommst du denn endlich?

Lothair. Er ist etwas verrückt! — ich komme (macht sich von der Tilson los und eilt fort). Abieu, Herr Robert.

(Lothair und Harry ab durch die Mitte.)

Robert (immer noch hinten stehend). Empfehle mich ergebenst.

5 **Tilson.** Das ist ja eine schreckliche Neuigkeit — ein reicher Onkel und muß gerade hier[1] nicht richtig sein.

Robert (sich bemerkbar machend). Hem — Hem.

Tilson. Ach, Sie sind noch da?

Robert. Ja — ich bin so frei — ich soll hier wohnen — 10 werde Ihnen wenig Umstände[2] machen — wo könnte ich wohl meine Sachen ablegen?

Tilson. Bitte — treten Sie dort ein — beide Zimmer stehen zu Ihrer Verfügung.

Robert. Das ist ja zuviel.

15 **Tilson.** Soll ich Ihnen helfen? (Will ihm die Sachen abnehmen.)

Robert. O, ich danke — ich nehme meine Sachen immer gern selbst. (Nimmt seine Sachen.)

Tilson. Erlauben Sie doch —

Robert. Danke — danke — in London muß man sehr 20 vorsichtig sein. (Ab rechts.)

Tilson. Das scheint ja ein ganz sonderbarer Mensch — — nun, viel Umstände wird mir der nicht machen. (Räumt auf.) Aber fragen hätte Herr Macdonald doch können[3] — ob ich einen Fremden hier aufnehmen wollte! (Es klopft.) Herein!

Neunte Scene.

Macdonald. Dikson.

Macdonald (ein alter Herr — laut sprechend — kurz, bestimmt — etwas derb — tritt durch die Mitte ein). Guten Morgen! (Sieht sich um.)

Dikson. Sie wünschen, mein Herr?

Macdonald. Hier wohnt der junge Herr Macdonald? Wie? 5

Dikson. Zu dienen[1] — der junge Herr ist soeben ausgegangen.

Macdonald. Desto besser. — Sie sind jedenfalls die alte Wirtin? Wie?

Dikson (bei Seite). Merkwürdiger Mann! 10

Macdonald. Mein Name ist Macdonald — ich bin der Onkel des jungen Herrn.

Dikson (erschreckt). Ach, du meine Güte![2]

Macdonald. Sie erschrecken ja — kein gutes Gewissen — wie? Mein Herr Neffe ist wohl ein Taugenichts? 15

Dikson. O —

Macdonald. Immer heraus mit der Sprache![3]

Dikson. Behüte[4] — wie können Sie denken — Ihr Neffe ist ein sehr solider junger Mann.

Macdonald (barsch). Das thut mir leid! (Zieht im Zimmer umher.) 20

Dikson (bei Seite). Scheint allerdings nicht ganz richtig.[5]

Macdonald (erfreut). Da liegen Karten — der Junge spielt also — wie?

Dikson. O behüte — er rührt keine Karte an — ich habe vorhin nur eine Patience gelegt.[6] (Steckt die Karten in ihre Tasche.) 25

Macdonald (verdrießlich). Da hätten Sie auch etwas Besseres thun können. — Er spielt also nicht — wie? Was treibt er denn den ganzen Tag? Trinkt er?

Tilson. Bewahre — er ist der ordentlichste junge Mann, den ich kenne — immer häuslich — fleißig — kennt kein anderes Vergnügen, als zu studieren.

Macdonald. So! Hat er Schulden?

5 Tilson. (bei Seite.) Gott verzeih' mir die Lüge.

Macdonald. Nach Ihrer Beschreibung ist er also ein vollständiges Kamel?[1]

Tilson. Er verdient es, daß Sie etwas für ihn thun.

Macdonald (barsch). Ich müßte[2] verrückt sein.

10 Tilson (bei Seite). Er ist es wirklich.

Macdonald. Ich war zwanzig Jahre in Indien! Wie sieht er denn aus?

Tilson. Ein hübscher junger Mann.

Macdonald. Alte Weiber haben einen sonderbaren Ge-
15 schmack.

Tilson. Sehr sanft und so bescheiden.

Macdonald. Also eine Schlafmütze.[3] (Geht unruhig im Zimmer auf und ab.) Aber ich bleibe dabei — austoben muß er.

Tilson (ängstlich bei Seite). Er spricht von Toben.[4]

20 Macdonald. Ein Mann kann erst aus ihm werden, wenn ich ihm das knabenhafte[5] weiche Fell herunter gezogen habe.

Tilson (bei Seite, leise). Herr Gott! (laut.) Wollen Sie nicht Platz nehmen?

Macdonald. Ich danke — — — mag den Burschen vor-
25 läufig gar nicht seh'n. Haben Sie Papier — Tinte — Feder — Wie — was — wo?

Tilson. Hier ist alles.

Macdonald. Sagen Sie ihm — wenn er sich gebessert hätte, würde ich wiederkommen. (Setzt sich an den Schreibtisch.)

30 Tilson. Aber, Herr Macdonald —

Macdonald. Lassen Sie die Heulerei,[6] alte Schraube — geh'n Sie — ich werde ihm schreiben.

Mann,
anderes

e Lüge.
lso ein

thun.

! Wie

en Ge=

n Zimmer
.

, wenn
n habe.
ie nicht

en vor=
—Feder

gebessert
ch.)

ube —

Dikson. Aber — —

Macdonald (schlägt auf den Tisch). Zum Henker[1] — so geh'n Sie doch.

Dikson (erschreckt). Ich gehe ja schon. (Bei Seite.) Der ist schlimm![2] (Ab durch die Mitte.)

Macdonald. Ich meine es gut mit dem Jungen — Hätte mir die Frau gesagt — er trinkt etwas — hat lust'ge Freunde — Schulden — steckt bis daher[3] d'rin — ich wäre der alten Schachtel um den Hals gefallen — aber so — na warte — (fängt an zu schreiben.)

Zehnte Scene.

Robert. Macdonald.

Robert (von rechts — sieht Macdonald am Schreibtisch und will leise zur Mittelthür). Ein Fremder — ich werde zur Wirtin geh'n. —

Macdonald (sieht sich um und erblickt Robert an der Mittelthür). Da ist er wohl! (Befehlend.) Hierher!

Robert. Mein Herr!

Macdonald. Donnerwetter — hierher — sieht aus wie ein Küster. (Befehlend.) Setzen.[4]

Robert (setzt sich schüchtern). Ich glaube, mein Herr — —

Macdonald. Ich bin aus Indien zurück — mein Name ist Macdonald.

Robert (ängstlich). Sehr erfreut!

Macdonald. Und diese Jammergestalt findet das alte Weib hübsch.

Robert. Sie werden sich jedenfalls wundern[5] — —

Macdonald. Ganz recht — ich wund're mich sehr! — Wozu sind denn die großen Gummischuhe?

Robert. Ich habe mich daran gewöhnt?

Macdonald. Um wie ein Schatten[1] darin umher zu schleichen.

Robert. Nein — um beim Arbeiten warme Füße zu
5 haben.

Macdonald. War denn das Arbeiten so nötig?

Robert. Ich glaube doch.

Macdonald. Donnerwetter — du hattest doch einen Onkel!

Robert (bei Seite, ängstlich). Er nennt mich „du."

10 **Macdonald.** Nun, Antwort!

Robert. Einen Onkel hatte ich — aber er besaß nichts.

Macdonald. So — nun, das weiß ich besser.

Robert (bei Seite). Wenn ich nur fort könnte! (Will aufstehen.)

Macdonald (streng). Sitzen bleiben. — Jetzt höre mich ein=
15 mal an.

Robert. Mein Herr — ich glaube — · —

Macdonald. Still — ich rede jetzt. Jeder Mensch hat
seine Zeit, in der er Thorheiten macht. Wie — was?

Robert. Wenn Sie befehlen — ja.

20 **Macdonald.** Wer das in der Jugend abmacht, wird im
Alter verständig — wer aber damit im Alter anfängt, wird
ein Narr. Ich will nun, daß du einmal kein Narr wirst.
Verstanden?

Robert. Ganz wie Sie wünschen.

25 **Macdonald.** Ich würde dich eher mit diesen meinen beiden
Händen erdrosseln — als — — Du hast mich jetzt ver=
standen?

Robert. Nein.

Macdonald. Was — nein?

30 **Robert.** Ja — ja — ich habe alles verstanden.

Macdonald. Lassen wir das also. — (Bei Seite.) Ob[2] er

bei Kasse ist? — (Laut.) Gieb mir mal dein Portemonnaie
her! (Steht auf.)

Robert (aufspringend — retiriert hinter den Tisch). Nein.

Macdonald. Dein Portemonnaie!

Robert. Nein — das thue ich nicht. 5

Macdonald. Ich werde dir meine Autorität beweisen.
(Er verfolgt ihn hinter den Tisch.)

Robert (retirierend). Lassen Sie mich —

Macdonald. Wir wollen doch sehen. (Verfolgt ihn.)

Robert. Hülfe — Hülfe — (er läuft auf Frau Dikson zu, die durch 10
die Mitte eintritt — dreht sich mit ihr einigemal um — tritt dann links fort — während
Macdonald der Frau Dikson in die Arme fliegt.

Elfte Scene.

Vorige. Dikson.

Dikson. Was giebt es denn? — mein Herr! (Hält ihn.)

Macdonald. Kommt die alte Schachtel auch noch. Eine
nette Gesellschaft! Wenn Sie einen Narren an dem Menschen 15
gefressen¹ haben — da haben Sie ihn — ich trete Ihnen alle
meine Rechte ab. Hol' euch beide zusammen der Henker!
(Schnell ab durch die Mitte.)

Robert. Ein schrecklicher Mann!

Dikson. Er ist hier nicht ganz richtig. 20

Robert. Das glaube ich — er sprach nichts als Unsinn
— zuletzt wollte er mein Portemonnaie — denken Sie nur.

Zwölfte Scene.

(Ein Commiffionär. Vorige.

Commiffionär (etwas derbe Maske). Guten Morgen. (Sieht sich um.)

Robert (bei Seite). Der sieht auch böse aus.

Difson. Was wünschen Sie?

Commiffionär. Ich soll den Koffer holen für den Herrn,
5 der hier wohnt — gleich zur Bahn bringen — er kommt nicht
mehr her.

Difson. Warten Sie einen Augenblick — ich hole den
Koffer. (Ab rechts.)

Commiffionär. Schön! — Für Sie habe ich auch etwas.
10 (Tritt auf Robert zu.)

Robert (retirirend). Was wollen Sie?

Commiffionär. Aber so halten Sie doch still. (Will ihm den
Kragen abnehmen.)

Robert (ausweichend). Laffen Sie mich — ich rufe Hülfe!

15 **Difson** (von rechts mit einem kleinen Koffer und Plaid). Was giebt es
denn?

Commiffionär. Ich sollte den fremden Herrn um den
Kragen bitten — er möchte sich[2] einen anderen kaufen.

Robert. Meinen Kragen — warum sagten Sie das nicht
20 gleich? (knöpft sich den losen Kragen ab.)

Commiffionär. Sie riffen ja immer aus.[3]

Difson. Hier ist der Koffer — Plaid — und der Kragen.

Commiffionär. Schön! — Bezahlung sollte ich hier er=
halten.

25 **Difson.** Gut — (faßt in die Tasche) ich habe kein Geld bei
mir — (zu Robert) wollen Sie mir ihr Portemonnaie erlauben?

Robert (hält sich die Taschen zu und tritt bei Seite).

Difson. Ich muß sonst zwei Treppen hinauf —

Robert (zögert und sieht sie an). Ja —

Dikson. Sie erhalten es gleich zurück.

Robert (giebt sein Portemonnaie mit saurer Miene). Daß[1] die Leute in London alle kein Geld bei sich haben.

Dikson (zahlt dem Commissionär). So!

Commissionär. Empfehle mich. (Ab mit dem Koffer.)

Dikson (steckt das Portemonnaie in der Zerstreuung ein). Grüßen Sie Herrn Macdonald.

Robert (bei Seite). Sie steckt mein Portemonnaie ein — (laut.) Erlauben Sie — ich gab Ihnen vorhin mein Geld —

Dikson. Ja so — (nimmt das Portemonnaie heraus und giebt es ihm) ich danke sehr.

Robert (bei Seite). Das gefällt mir hier gar nicht.

Dikson. Sie sehen so blaß aus, Herr Robert!

Robert. Das ist noch von dem Schreck von vorhin — ich möchte mich erholen und etwas zu Bett gehen.

Dikson. Ich werde Ihnen Kamillenthee kochen.

Dreizehnte Scene.

Gibson. Knox. Vorige.

Gibson (durch die Mitte). Nur herein,[2] Herr Knox. (Läßt Knox eintreten.)

Knox (in Exekutorstracht[3] — kleinen Stab in der Hand — tritt ein, geht schnell auf Robert zu). Im Namen des Gesetzes — ich verhafte Sie.

Robert (erschrickt). Das ist mein Ende. (Sinkt in einen Stuhl.)

Gibson. Keine Übereilung, lieber Knox — das ist nicht der rechte.

Dikson. Was wünschen Sie denn?

Gibson. Ich werde so frei sein, Herrn Marsland und Herrn Macdonald in's Schuldgefängnis zu setzen.

Dikson. Die Herren sind soeben abgereist.

Gibson. Abgereist — (sieht in die Thür rechts). Meiner Seel' — leer. Wohin?

Dikson. Ich weiß es nicht.

Gibson (auf Robert zutretend — der sich soeben erhoben hat). Wohin, mein Herr?

Robert. Ich weiß es nicht.

Gibson. Gut — und wenn es tausend Pfund kostet — wir werden sie finden. Kommen Sie. (Beide ab durch die Mitte.)

Robert (sinkt in den Stuhl). Das ist ja eine schreckliche Woh=nung!

(Der Vorhang fällt.)

Zweiter Akt.

Auf dem Gute[1] Marsland's. Park vor dem Schloß. Links führen
einige Stufen zum Eingang in das Haus — dessen Flügelthüren
offen stehen. Rechts Tisch und Stühle — dahinter eine Wand am
Gebüsch oder Laube. Hinten zieht sich eine Mauer entlang — mit
eisernem Gitterthor zum Einlaß.   5

Erste Scene.

Sarah. Edith. Eva.

Wenn der Vorhang aufgeht — sitzt Sarah rechts in der Laube und liest.
Eva und Edith treten aus dem Hause links.

Edith (ein Fernrohr in der Hand). Komm' nur — sie ist jetzt so
vertieft, daß sie nichts hört und sieht.

Eva. Wenn wir dort auf den Holzstoß steigen, können 10
wir die ganze Straße überseh'n. (Beide gehen in großem Bogen um
Sarah herum rechts ab.)

Sarah. Wie kann man nur noch zweifeln — — hier steht
es — man kann mit Hülfe eines Mediums die Geister schon
photographieren. Es ist sicher — der Spiritismus wird von 15
der Wissenschaft bald anerkannt sein. — (Sich umsehend.) Wo sind
denn die Mädchen wieder hin? (Steht auf — rufend.) Edith —
Edith — da stehen sie — sehen durch ein Fernrohr auf die
Landstraße. Edith — bitte hierher — das schickt sich nicht.[2]

27

Zweite Scene.

Marsland. Sarah.

Marsland (alter behäbiger[1] Herr, kommt aus dem Hause links — die Stufen herab). Folgen die Mädchen schon wieder nicht?[2]

Sarah. Seh'n Sie nur selbst, Herr Marsland — Ihre Tochter klettert auf den Holzstoß —

5 **Marsland.** Das ist doch kein Unglück.

Sarah. Aber das Decorum, Herr Marsland. —

Marsland. Jetzt sieht es ja Niemand —; es ist mir lieb, daß ich Sie noch allein spreche. Ich habe in den nächsten Tagen mit der Jagd so viel zu thun, daß ich mich um die

10 Mädchen nicht kümmern kann.

Sarah. Ich bin ja da, Herr Marsland.

Marsland. Steh'n Sie bei Tisch recht zeitig auf[3] — nach der Jagd trinken die Herren gern ein Glas — also ehe es zu lebhaft wird.

15 **Sarah.** Gewiß — schon meinethalben![4]

Marsland. Und dann — Sie kennen meine Grundsätze — keine Courmacherei[5] —

Sarah. Verlassen Sie sich ganz auf mich. Ich werde die jungen Mädchen beschäftigen, und mit dem neuen Bib-

20 liothekar können sie musiziren[6] —

Marsland. Ich habe ihm heut' noch einmal telegraphiert, daß er unverzüglich komme.

Sarah. Herr Marsland — Sie gehören auch zu den Zweiflern[7] — wollen Sie nicht dies Buch einmal lesen.

25 **Marsland** (den Titel des Buchs lesend). Das Neueste des Spiritismus — (Giebt ihr das Buch wieder). Bleiben Sie mir mit dem Zeug vom Leibe.[8]

Sarah. Herr Marsland — wenn ich ein Medium hätte, ich würde Sie überzeugen.

Marsland. Das fehlte mir grade noch [1] — studieren Sie den Unsinn soviel Sie wollen — aber setzen Sie meinen Mädchen nicht etwa solche Dinge in den Kopf.

Sarah. Bewahre, Herr Marsland.

— · —

Dritte Scene.

Edith. Eva. Vorige.

Edith (von links hinten). Papa — Papa — es kommt ein Wagen — ist aber nichts für uns.

Marsland. Wie so —

Edith. Nur ein alter, dicker Herr —

Eva (Fernrohr in der Hand). Wir haben es ganz deutlich gesehen.

Sarah (nimmt Eva das Fernrohr aus der Hand). Das schickt sich gar nicht. (Tritt nach hinten und sieht dann durch's Fernrohr.)

Edith. Ob das der Bibliothekar sein kann?

Marsland. Hört, Kinder, über das Kapitel [2] wollte ich gerade noch ein Wort mit euch reden. Der junge Mann, der heut' hier anlangt, ist mir sehr empfohlen — ich wünsche nicht, daß er bald wieder geht. Treibt also keine Allotria [3] mit ihm, wie mit seinem Vorgänger.

Edith. O, Papa — das haben wir nicht gethan.

Eva. Edith hat ihm nur zweimal Zöpfe [4] angesteckt.

Marsland. Ihr habt ihn mit Briefen mystifiziert, weiche Birnen in die Taschen gesteckt — ich weiß alles — also in Zukunft unterbleibt [5] das —. Kommt ihm freundlich entgegen — damit er sich hier wohl fühlt. Verstanden?

Edith und **Eva.** Jawohl!

Marsland. Versprecht Ihr mir das also? (Die Hände reichend.)

Edith. Ja, Papa.   ⎫
                                        ⎬ (Zugleich.)
Eva. Ja, lieber Onkel.   ⎭

5   **Marsland.** Da will ich die alten Thorheiten vergessen — (sieht nach links) aber da kommt meiner Seel'[1] ein Wagen — wer kann das sein? (Ab durch das Thor.)

Sarah. Haben Sie gehört, meine Damen — wie oft habe ich gebeten — gewarnt.

10 **Edith.** Ach, Miß — Sie haben sich ja selbst amüsiert.

Sarah. In dem jetzigen Fall nehme ich aber Partei — der junge Mann ist der Sohn meiner besten Freundin.

Eva. Sie kennen ihn?

Edith. Wie sieht er denn aus?

15 **Sarah.** Ich habe ihn nur einmal als ganz kleines Kind gesehen — bald darauf starb seine Mutter —

Edith. Nun, ich für meinen Teil bereue demütigst meine alten Sünden und werde an Ihrem Schützling alles wieder gut machen.

20 **Eva.** Werde mich auch bemühen.

Edith. Eva — wir wollen die Sonne unserer Huld leuchten lassen — er soll denken — daß er in den siebenten Himmel[2] kommt.

Eva. Ganz gewiß.

25 **Sarah.** Nur keine Übertreibung, meine Damen — immer das Decorum bewahren; — das Fernrohr werde ich auf mein Zimmer mitnehmen, — damit Sie nicht wieder in Versuchung kommen. (Ab links ins Haus.)

Edith (ernst und verweisend zu Eva — die lacht). Eva — das Deco-
30 rum! — Haha. — Nun, gottlob — jetzt wird es endlich ein bißchen amüsant bei uns.

Eva (etwas verletzt). Ich bedaure, daß dir meine Gesellschaft nicht genügt.

Edith. Liebe Eva — nur nicht sentimental — einmal muß doch der Moment kommen, wo man die Kinderschuhe auszieht und eine Dame wird. 5

Eva. Vor dem Moment ängstige ich mich; ich werde nicht wissen, mich zu benehmen.

Edith. Das habe ich in der Pension gelernt.

Eva. In der Pension?

Edith. Ja — die älteren Schülerinnen unterrichten da 10 immer die jungen — das waren die amüsantesten Stunden. Ich werde dir gleich eine Lektion geben. Denke dir also, ich wäre zum Beispiel der Vetter Harry — der heute kommt. Also — (tritt etwas zurück — dann wieder vor). „Mein gnädiges Fräulein — ich schätze mich glücklich — Sie kennen zu lernen." 15

Eva. Ich mache eine Verbeugung (thut es) — schlage die Augen nieder —

Edith (lachend). Und wirst rot über beide Ohren — nein — das ist die alte Schule.[1] Heut zu Tage macht man es anders. — Der Herr kommt siegesbewußt — statt der Skalpe[2] 20 der erschlagenen Feinde trägt er einige Medaillons mit braunen und blonden Locken an der Uhrkette. — Er kommt also und sagt einige gewöhnliche Worte. Man empfängt ihn kalt — sieht ihm scharf in das Auge — und sagt herablassend: „Sehr erfreut." Dann schweigt man und läßt ihn 25 reden — ab und zu ein Wort und ein Blick von der Seite. Je länger er redet — desto eher wird er eine Thorheit herausbringen — dann zuckt man die Achseln — lächelt etwas höhnisch — wieder ein Seitenblick — etwa so — als wenn man sagen wollte: „Sie machen ja entsetzliche Anstrengungen." 30 Das setzt ihn in Verlegenheit — er macht eine Verbeugung

— man winkt ihm gnädig und er geht — um bald wieder an unserer Seite zu sein.

Eva. Das ist ja eine ganze Komödie.

Edith. Liebe Eva, empfängst du ihn auf deine Art — 5 so sagt er: „Ein ganz niedliches Ding — scheint aber ein Gänschen." Handelst du nach meinem Rat — bist du „eine ganz pikante Erscheinung [1] — eine Art Rätsel" — das er zu lösen suchen wird.

Eva. Das lerne ich nie.

10 **Edith.** Keine Angst — ich stehe dir bei. Aber auf den Vetter bin ich neugierig — als ich ihn das letzte Mal sah — Gott, wie lange ist das her — schon drei oder vier Jahre.

Eva. Da warst du ja noch ein Kind.

Edith. Natürlich — aber er hatte doch schon einmal von 15 Liebe zu mir gesprochen.

Eva (erschreckt). Edith!

Edith. O, er war damals sehr hübsch und gefiel mir.

Eva. Da ist er liebenswürdig und gut?

Edith. Das weiß ich nicht — aber dunkle Locken hatte 20 er und blaue Augen — sah zu Pferde vortrefflich aus.

Eva. Du bist ja ganz begeistert.

Edith. Jetzt hat er vielleicht schon graue Haare und ist blasiert.[2] — Aber Eva — eins wollen wir ausmachen [3] — wir gestehen uns, wer uns am besten gefällt — damit nie eine 25 Eifersucht zwischen uns entstehen kann. Willst du? (Hat Eva umfaßt.)

Eva. Ich werde deine Triumphe ohne Neid ansehen — mir wird keiner besonders gefallen.

Edith. Nun — nun — wenn der Fall eintritt, also offen 30 und ehrlich. (Hält ihr die Hand hin.)

Eva (einschlagend). Ja — das verspreche ich.

Vierte Scene.

Marsland. Macdonald. Vorige.

Marsland (Arm in Arm mit Macdonald durch das Thor). Das war ja eine große, unerwartete Freude dich wiederzusehen — hier kann ich dich gleich meine Edith zeigen — Miß Eva Webster — mein alter Freund Macdonald.

Edith. O — ich kenne Sie aus Papa's Erzählungen. 5 Von niemand hat er so viel gesprochen — als von Ihnen.

Macdonald. Ich denke, wir werden auch Freunde werden? (Giebt ihr die Hand.)

Marsland. Das versteht sich — vor allem sorgt für sein Unterkommen — das beste Zimmer — und dann schickt uns 10 einen Imbiß — wir plaudern hier etwas.

Edith. Gleich, Papa. —

Eva (indem sie mit Edith nach links geht). Du warst ja ganz anders, Edith.

Edith. Das ist ja ein Alter — da kann man freundlich 15 sein. (Beide ab links).

Macdonald. Hübsches Mädel,[1] deine Tochter!

Marsland. Ein gutes Kind.

Macdonald. Aber ganz flügge[2] — die wirst du nicht lange im Nest behalten. 20

Marsland. Oho — sie ist ja noch ein Kind.

Macdonald. Solche Kinder sind gesuchte Waare.

Marsland. Edith ist siebzehn Jahre — vor drei Jahren wird nicht an heiraten gedacht.

Macdonald. So — so — so — so. 25

Marsland. Ja, ja — ja, ja — das steht fest; in meinem Hause regiere ich — was geht ihr denn ab[3] — sie hat

jetzt die drei schönsten Jahre vor sich — es wäre ja reiner
Unsinn.

Macdonald. Dann rate ich dir, ziehe eine chinesische
Mauer¹ um dein Haus, aber gieb keine Jagd.

Marsland. Ich habe einmal die Meute — das geht nicht
anders. Sorgen hat man, wenn man Kinder hat.

Macdonald. Ja — ich komme auch von meinem Neffen;
denke einen flotten, frischen jungen Kerl zu sehen — was
finde ich — einen Philister² — eine Art Cretin.

Marsland. O!

Macdonald. Waren wir Philister, als wir jung waren
— wie?

Marsland. Nein.

Macdonald. Und sind ganz vernünftige Männer geworden.

Marsland. Ich denke.

Macdonald. Wer in der Jugend ein Duckmäuser³ ist, aus
dem wird nie ein ganzer Mann.

———

Fünfte Scene.

Edith. Eva. Vorige.

Edith (von links). Papa — der Vetter kommt mit dem Bib=
liothekar.

Marsland. Da will ich dich erst unterbringen.⁴ Empfangt
Ihr indes den Vetter.

Macdonald (indem er Edith beim Vorübergehen ansieht). Drei Jahr
warten — Unsinn! (Marsland und Macdonald links ab.)

ja reiner

chinesische

geht nicht

n Neffen;

n — was

ng waren

geworden.

s ist, aus

Sechste Scene.

Harry. Lothair. Edith. Eva.

Harry (durch die Mitte auftretend — Lothair mit dem Kragen über seinem Rock — bleibt im Hintergrunde stehn — in einer Hand eine Reisetasche, in der anderen einen Plaid). Ja — das ist Edith. — Meine teuerste Cousine — ich bin außerordentlich erfreut Sie endlich wiederzusehn.

Edith (kalt). Freue mich auch! (Sie spielt jetzt die Scene, die sie vorhin schilderte.) [1]

Harry. Darf ich bitten, mich vorzustellen.

Edith. Mein Vetter Harry — meine Freundin Eva Webster.

Harry (zu Eva). Sehr erfreut! (Zu Edith.) Es ist eine lange Zeit her, daß wir uns nicht gesehen haben, teuerste Cousine.

Edith. Finden Sie mich zu alt geworden?

Harry. O nein — das wollte ich nicht sagen — aber ich war auf Reisen — Sie waren in der Pension.

Edith (etwas gereizt). Die Pension habe ich lange hinter mir.

Harry. Ja — jawohl — das sieht man Ihnen an. (Kleine Pause.) Heut zu Tage giebt es ja Pensionen nicht nur für kleine Mädchen — sondern auch für Damen — ich sehe, daß Sie vollständig Dame geworden sind. — (Kleine Pause. Zu Eva.) Sie sind schon lange hier — wenn ich fragen darf?

dem Bib=

Impfangt

rei Jahr

Eva (herablassend). Seit einigen Monaten. (Wendet sich ab.)

Harry. Hem — (Zu Edith.) Werden Sie die Jagden mitreiten?

Edith. Nein.

Harry (zu Eva). Sie, mein Fräulein?

Eva (kurz). Nein.

Harry (etwas verlegen). Sehr schade.

Edith. Es ist keine Heldenthat, daß eine Anzahl Menschen in roten Röcken einen unglücklichen Hasen zu Tode hetzen. (Zu Eva leise.) Jetzt mag er reden.

Harry. O — von dem Standpunkt müssen Sie das
5 nicht ansehn — der Hase läuft — wir reiten ihm nach über Hecken und Gräben, wohin er uns führt — quer durch Feld und Wald. Das Reiten ist doch die Hauptsache. — (Kleine Pause.) Sie werden zwar sagen, man kann auch Reiten ohne Fuchs oder Hasen — aber es ist doch interessant, wenn man
10 von dem Wild in den Sumpf gelockt[1] wird. (Sieht, daß Edith höhnisch lächelt.) Ich meine in Situationen gebracht wird — die schwierig zu überwinden sind — der Sumpf ist grade nicht die Hauptsache (kleine Pause) aber es macht Spaß — wenn ein anderer hineinfällt — und — und — — Reiten ist doch im-
15 mer ein ritterliches Vergnügen. (Pause, zu Eva.) Hoffentlich bekommen wir schönes Wetter zu den Jagden!

Eva. Hoffentlich — ja.

Lothair (hinten). Ein sehr freundlicher Empfang.

John (aus dem Hause links getreten, zu Harry). Darf ich bitten, Herr
20 Marsland.

Harry. Meine Damen — auf Wiedersehn. (Ab links.)

John (etwas befehlend zu Lothair). Sie warten hier, bis ich wiederkomme.

Lothair (immer hinten). Wie Sie befehlen!

25 **Eva.** Da ist ja noch jemand.

Edith. Vermutlich der neue Bibliothekar, den Papa er-
wartet!

Lothair. Zu dienen, meine Gnädigste!

Edith. Man läßt Sie so stehn — komm, Eva — wir
30 wollen dem Herrn helfen. (Beide gehen auf Lothair zu und wollen ihm
die Sachen abnehmen.)

Lothair. O bitte, meine Damen — es geniert ja gar nicht.

Edith. Nein — nein — geben Sie nur her — wir sind die Wirte und wissen, wohin alles gehört. (Edith nimmt den Plaid — Eva die Tasche.)

Lothair. Das ist aber gar zu gütig — ich weiß gar 5 nicht — mit wem ich die Ehre habe.

Eva. Miß Edith Marsland.

Lothair. Ah — die Tochter meines Prinzipals.[1]

Edith. Ja — meine Freundin Eva Webster.

Lothair. Eva — ein sehr hübscher Name — so sollten 10 alle Damen heißen — aber ich kann es nicht sehn — daß die Damen meine Effekten[2] — — (will Edith den Plaid abnehmen.)

Edith. Lassen Sie nur.

Lothair (zu Eva). Bitte!

Eva. Nein — auf keinen Fall. 15

Siebente Scene.

Sarah. Vorige.

Sarah in der Thür links erschienen — Edith geht die Stufen hinan.

Edith (zu Sarah). Ich denke, Sie werden zufrieden sein — wir tragen das Gepäck Ihres Schützlings. (Ab links.)

Eva. Auf Wiedersehn, Herr Bibliothekar. (Ab links.)

Lothair (allein). Alle tausend — da war eine immer hübscher wie die andre. War Eva die Tochter? — Ich bin ganz 20 konfus — aber es gefällt mir hier. (Sieht sich um.)

Sarah (links auf den Stufen stehend). Er soll eine mütterliche Freundin in mir finden. (Laut.) Herr Robert.

Lothair (für sich). Jetzt kommt eine Alte.

Sarah (die Stufen herabsteigend). In meine Arme, lieber Karl! 25

Lothair (zurückweichend). Ich glaube, Sie irren sich.

Sarah. Nein — nein — lassen Sie sich getrost umarmen. — Es ist eine mütterliche Umarmung. (Umarmt ihn.)

Lothair (verwirrt). Ich begreife nicht.

5 **Sarah.** Ich heiße Sarah Gildern — haben Sie nie von mir gehört?

Lothair. Hatte nicht die Ehre.

Sarah. Nun — ich bin die beste Freundin Ihrer guten Mutter — ich habe Sie gesehn, als Sie so klein waren.

10 **Lothair.** Ich entsinne mich wirklich nicht.

Sarah. Natürlich — aber Sie waren ein sehr niedliches Kind — ein süßer, kleiner Blondkopf.

Lothair. Blond? — Die Haare dunkeln immer etwas nach.[1]

Sarah. Aber lassen Sie sich ansehn — ähneln Sie denn 15 meiner guten Anna? — Nein — die Nase ist ganz anders.

Lothair. Die ist von meinem Vater, das soll[2] mit den Nasen immer so sein.

Sarah. Nun, ich freue mich herzlich, daß ich Sie hier habe — mein Herz schlug ordentlich vor Freude — als ich es 20 aus Ihren Zeugnissen entdeckte.

Lothair (forschend). Meine Zeugnisse waren gut?

Sarah. Vortrefflich.

Lothair. Habe mir auch viel Mühe gegeben.

Sarah. Nun, ich denke, Sie werden sich hier wohl fühlen.

25 **Lothair.** Ich hoffe sehr.

Sarah. Herr Marsland ist ein vortrefflicher Herr — — Edith etwas übermütig — aber im Grunde ein gutes Wesen.

Lothair. Das freut mich — aber da war noch eine Eva?

Sarah. Ja — da Edith allein war, nahm Herr Mars-30 land die Tochter eines Freundes hierher. Sie ist auch ein herziges Kind.

Lothair (trocken). Ja — schienen beide sehr herzige Kinder.

Sarah. Aber zu Tollheiten aufgelegt — lassen Sie sich nur nicht zuviel von ihnen gefallen.[1]

Lothair. Ich werde meine Autorität zu wahren suchen. Übrigens war mein Empfang so freundlich — die Damen waren so liebenswürdig —

Sarah. Das habe ich gemacht. — Überhaupt verlassen Sie sich hier im Hause in allen Dingen auf mich. Wenn Sie ein Leibgericht[2] wünschen — ich besorge es Ihnen.

Lothair. Zu gütig.

Sarah. Ich habe aber auch eine Bitte, lieber Karl. (Sieht sich erst um — dann etwas heimlich.) Besorgen Sie einige Bücher über Spiritismus für die Bibliothek!

Lothair. Ah — ist Herr Marsland Spiritist?

Sarah. Nein — im Gegenteil — aber ich befasse mich mit dieser Wissenschaft.

Lothair. O —

Sarah. Sind Sie eingeweiht?

Lothair. Ich habe viel davon gehört.

Sarah. Das ist herrlich. Heute Abend machen wir eine Promenade und tauschen unsere Anschauungen aus.

Lothair. Das kann sehr nett werden.

Sarah. Nun will ich Sie aber verlassen — es braucht ja nicht jeder zu wissen, in welchem vertrauten Verhältnis wir zu einander stehen.

Lothair. Nein — das braucht niemand zu wissen; ich bin glücklich, eine solche Freundin gefunden zu haben. (Will ihr die Hand küssen.)

Sarah. Nicht so — hier[3] ist Ihr Platz, lieber Karl. (Umarmt ihn. Bei Seite.) Das war wohl gegen das Decorum — nein — es ist ja nur mütterlich — abieu, lieber Karl. (Ab links.)

Lothair (allein). Eine alte wackere Freundin — das kann gut werden! Jedenfalls versöhnt mich die Existenz von Edith und Eva — mit dieser würdigen Dame. Am liebsten hätte ich ihr gesagt — daß ich entsetzlichen Appetit habe — 5 eine sechsstündige Fahrt ohne einen Bissen.

Achte Scene.

John. Lothair.

John (kommt von links mit Gedeck und Frühstück und deckt den Tisch rechts).

Lothair. Aha — wie im verzauberten Schloß — ich wünsche — sofort ist die Erfüllung da. Aber es ist Zeit — mir läuft das Wasser im Munde zusammen.[1] Hem — hem — 10 Herr Kammerdiener.

John (ohne zu hören). Diese Sorte[2] ist unausstehlich — macht nur Umstände.

Lothair. Herr Kammerdiener — ich warte noch immer hier.

John. Warten Sie nur weiter[3] — erst kommt die Herr= 15 schaft — dann kommen Sie, Herr Bibliothekar.

Lothair. Scheint eine große Ordnung hier im Hause zu sein.

Neunte Scene.

Marsland. Macdonald. Vorige.

Marsland (von links). Da sind Sie ja — seien Sie mir willkommen, Herr Robert — ich erwartete Sie schon gestern. 20 **Lothair.** Ihr Herr Neffe —

Marsland. Ich weiß — in Zukunft hoffe ich auf eine recht pünktliche Befolgung aller Vorschriften.

das kann
ſtenz von
m liebſten
t habe —

Tiſch rechts).
ch wünſche
eit — mir
hem —

? — macht

nner hier.
die Herr=

Hauſe zu

Sie mir
n geſtern.

auf eine

Lothair. So lange ich in Ihren Dienſten bin — werde ich mich bemühen, meinen Pflichten nachzukommen.

Macdonald. Wie ſteht's denn mit dem Frühſtück —

Lothair (bei Seite). Gott ſei Dank — der hat auch Hunger.

Marsland. Bitte, nimm Platz — mein neuer Bibliothekar, Herr Robert — du erlaubſt wohl, daß ich einiges mit ihm beſpreche.

Macdonald. Bitte — er geniert ja gar nicht — ich mache keine Umſtände. (Setzt ſich und ißt.)

Marsland (ſich an den Tiſch ſetzend). Setzen Sie ſich, lieber Robert. (Lothair will ſich an den Tiſch ſetzen.)

John (ſetzt einen Stuhl etwas entfernt vom Tiſch in die Nähe von Marsland). Bitte!

Lothair (bei Seite). Ach ſo — ich ſoll zuſehen. (Sehr höflich zu John.) Ich danke Ihnen.

Marsland (eſſend zu John). Iſt die Nadja[1] beſchlagen?

John. Heute früh — Herr Marsland.

Marsland. Hat gut gefreſſen?

John. Sehr wohl.

Lothair (bei Seite). Glückliches Pferd!

(John ab links.)

Marsland (zu Macdonald). Die Nadja iſt ein Pferd — ſo etwas von[2] Laufen und Springen iſt noch nicht dageweſen. Du wirſt ſie morgen ſehn.

Macdonald. Wenn ich ſie nur nicht zu reiten brauche.

Lothair (ſich bemerkbar machend). Hem — hem.

Marsland. Ach, Sie ſind noch da —

Lothair. Zu dienen, ja.

Marsland. Über meine Bibliothek ſprechen wir ſpäter — vor allen Dingen wollte ich bitten, daß Sie in den nächſten Tagen mit den Damen einige Unterrichtsſtunden abhalten.[3]

Lothair (erstaunt). Unterricht?

Marsland. Ich meine, sie beschäftigen, mit Litteratur — vorlesen — es ist Ihre Sache, das Interesse der Damen rege zu machen.

5 **Lothair.** Ich werde mich bemühen.

Macdonald (bei Seite). Er sieht ganz darnach[1] aus.

Marsland. Auch einige Musikstunden werden Sie geben.

Lothair (erstaunt). Musikstunden?

Marsland. Es ist mir sehr lieb, daß Sie musikalisch sind.

10 **Lothair.** Ja — mir auch.

Macdonald. Deine Pastete ist ausgezeichnet — — aber weißt du, was daran fehlt?

Lothair. Moucherons.[2]

(Marsland sieht sich erstaunt nach Lothair um.)

15 **Lothair.** Ich habe zwar nicht gekostet — nur nach dem Aroma — diese kleinen aromatischen Pilze geben einen sehr pikanten Geschmack.

Macdonald. Da hat er Recht.

Lothair. Besonders kalten Pasteten geben sie eine gewisse

20 Weihe.

Marsland (erstaunt). Merkwürdig! — wo haben Sie denn die culinarischen[3] Kenntnisse gesammelt?

Lothair. O — ich — — ich habe einen Onkel — der Koch ist — da hab' ich das gehört. (Steht auf.) Beinah' verschnappt[4] —

25 aber das Zusehen halte ich nicht mehr aus. (Hält sich den Magen.)

Marsland (aufstehend). Nun, lieber Freund — wenn es dir recht ist — zeige ich dir meine Pferde.

Macdonald. Eher habe ich doch keine Ruhe.

Lothair. Befehlen Sie, daß ich mitgehe?

30 **Marsland.** Nein — für Sie ist das nichts.[5] (Faßt Macdonald unter und geht mit ihm rechts ab.)

Lothair (sieht ihnen erst nach). Gott — sei Dank — endlich komme ich an die Pastete — die Menschen müssen denken, daß ein Bibliothekar gar keinen Magen hat. (Geht an den Tisch und legt sich eine Portion auf einen Teller — sieht so, daß er der linken Seite den Rücken zuwendet.) Es soll auch schmecken — ohne Moucherons.

Zehnte Scene.

John. Lothair.

John (ist von links aus dem Hause gekommen — sieht Lothair an der Pastete — geht auf ihn zu und zieht ihn am Rock fort). Erlauben Sie, Herr Bibliothekar. — Sie scheinen noch nicht viel in vornehmen Häusern gewesen zu sein.

Lothair. In den vornehmen Häusern — wo ich gewesen bin, läßt man die Leute nicht hungern.

John. Das ist die Lieblingspastete vom Herrn Marsland. (Nimmt die Pastete und trägt sie fort. Ab links.)

Lothair. Meine auch! — Da trägt er sie fort — ich kann verhungern.

Elfte Scene.

Eva. Edith. Lothair.

Eva und Edith sind schon früher in der Thür links erschienen — haben den Auftritt mit angesehen — Edith verschwindet dann — Eva tritt die Stufen herab.

Eva. Thun Sie das nicht, Herr Robert.

Lothair. O — Pardon — mein Fräulein.

Eva. Ihre Wünsche werden gleich erfüllt werden. —

Lothair. So haben Sie gehört? — Das thut mir leid — es hat so etwas sehr Niederdrückendes — Hunger! — aber es läßt sich auch nicht ableugnen.

Eva. Sie gehören ja jetzt hier zum Hause.

Lothair. Ihre große Freundlichkeit läßt mich meine Stellung im rosigsten Lichte ansehn.

Eva. Wenn Sie nur nicht enttäuscht werden — 5 Marsland ist ein eigner[1] Herr — aber wenn wir zusammen hielten — würde sich alles tragen lassen.

Lothair. O — halten wir zusammen — gewiß. (Hält seine Hand hin.) Das ist ja das Angenehmste, was uns passieren kann.

10 **Eva** (etwas schüchtern). Ich meine nicht uns beide allein — auch Edith.

Lothair. Auch Edith — versteht sich —

Edith (schon früher von links mit einem Diener — der Speisen auf den Tisch rechts stellt). Edith bittet, vorläufig Platz zu nehmen — wenn 15 gefällig ist. (Ladet ein zum Sitzen. — Alle setzen sich an den Tisch — 2c., in der Mitte, rechts Eva, links Edith.)

Lothair. Ich gehorche mit Vergnügen.

Edith. Herr Robert — das erste Glas zum Will= kommen.

20 **Lothair** (noch stehend, anstoßend). Danke gehorsamst — meine Damen — ich verspreche, ein ebenso aufmerksamer als folg= samer Lehrer zu sein.

Edith. Ihr Vorgänger war das nicht.

Lothair. Das[2] muß ein Thor gewesen sein.

25 **Edith.** Spielen Sie Croquet?[3]

Lothair. Gewiß — passioniert.

Eva. Können Sie rudern?

Lothair. Gewiß.

Edith. Reiten?

30 **Lothair.** Reiten — fahren — rudern — darin würde ich jedes Examen bestehen.

Edith. Vortrefflich — da werden Sie uns gewiß nicht zu viel mit Stunden plagen.

Lothair. Bewahre.

Edith. Ich hatte mir eine ganz andere Vorstellung von Ihnen gemacht.

Eva. Ich hätte Sie auch nicht für einen Gelehrten gehalten.

Lothair. Hem — hem. Meine Damen, es giebt eine alte und eine neue Schule für das Studium. Das Ideal der alten Schule war das dunkle Studierzimmer. Das Gehirn wurde überfüllt — das Auge trübe. Die neue Schule erinnerte sich der alten Griechen — die alles in freier Luft und unter offenem Himmel thaten — spielen — beten — arbeiten. Dabei wird Körper und Geist gleich gesund.

Edith. Das klingt ganz vernünftig.

Lothair. Auf uns angewendet — so gehen wir spazieren — ich lehre Sie Botanik.

Eva. Wir reiten —

Lothair. Ich trage Ihnen Geschichte vor.

Edith. Wir spielen Croquet —

Lothair. Ich lehre Sie dabei Mathematik. — Das ist meine Methode.

Edith. Bravo — die neue Schule gefällt mir.

Zwölfte Scene.

Harry. Vorige.

Harry (von links aus dem Hause). Ich störe doch nicht.

Lothair (steht zur Begrüßung auf).

Edith (zupft ihm). Bleiben Sie doch sitzen. (Laut). Wir besprachen unsern Lektionsplan mit Herrn Robert.

Lothair. Ja — wir arbeiten schon.

Eva. Nach einer ganz neuen Methode.

Edith. Das wird Sie nicht interessieren.

Harry. Mich interessiert alles, was Sie angeht, teuerste
5 Cousine — wahrhaftig.

Edith (steht auf). O, ich bin kein leichtgläubiges Kind.

Harry. Cousine — ich gestehe Ihnen offen — ich habe
mir meinen Empfang ganz anders vorgestellt.

Edith. Verehrter Vetter — täuschen wir uns doch nicht
10 gegenseitig. Sie kommen hierher, weil morgen die Jagd
angeht — — zufällig ist meine Wenigkeit auch im Hause —
aber ich will nicht Ihr Vergnügen beeinträchtigen, und bin
weit entfernt, die Konkurrenz mit Ihrer Meute anzutreten.

Harry. Aber, liebe Edith —

15 **Edith.** Kommen Sie, lieber Herr Robert — ich werde
Ihnen meine Ponnys¹ zeigen.

Lothair (hat sich bisher leise mit Eva unterhalten — springt schnell auf, macht
Harry sehr ernst eine steife Verbeugung). Empfehle mich gehorsamst.
(Edith und Lothair ab rechts.)

20 **Harry** (Eva aufhaltend, die auch fort will). O — bitte — bleiben
Sie doch einen Augenblick — Sie sind gewiß die Freundin
meiner Cousine.

Eva. Ich denke, ja.

Harry. Edith war ein reizendes Mädchen — aber sie hat
25 sich sehr verändert.

Eva. O — ich glaube gar. Sie wollen auf Edith schelten
— jetzt, wo sie fort ist. Ich finde das gar nicht hübsch
von Ihnen. (Schnell ab rechts.)

Harry. Sind das ein Paar Augen! Mein Fräulein, so
30 hören Sie doch. (Ab rechts.)

Dreizehnte Scene.

Gibson. Sarah.

Gibson (öffnet hinten das Gitter, tritt ein). Da wäre ich ja — jetzt heißt es fein[1] sein — ob nur die Herren schon hier sind? Wäre nur irgend jemand von der Dienerschaft zu sehn.

Sarah (von links aus dem Hause). Ein Fremder?

Gibson. Verzeihen Sie — ich bin hier eingetreten — ein 5 schönes Haus — schöner Park — wem gehört das, wenn ich fragen darf?

Sarah. Herrn Marsland.

Gibson. Ah — Marsland — ich kenne in London einen jungen Mann dieses Namens — 10

Sarah. Harry Marsland — das ist der Neffe des Herrn —

Gibson. So — so —

Sarah. Er ist jetzt hier zu den Jagden.

Gibson. Da ist gewiß Herr Macdonald auch hier.

Sarah. Jawohl seit heute Morgen. 15

Gibson. Das freut mich — sind beide sehr genaue[2] Bekannte von mir.

Sarah. Sie werden die Herren dort finden — wollen Sie vielleicht — —

Gibson. Nein — nein — ich komme wieder — aber bitte, 20 meine Verehrte — verraten Sie mein Hiersein nicht — es ist so nett, ein paar gute Freunde zu überraschen.

Sarah. O, ich werde Ihnen diese Freude nicht verderben.

Gibson. Sie sind sehr gütig — ! (Bei Seite.) Jetzt die 25 Häscher geholt[3] — wird wirklich eine Überraschung werden. (Laut.) Empfehle mich gehorsamst. (Ab durch die Mitte.)

Sarah. Empfehle mich, mein Herr. — Aber wo sind denn
die Mädchen — es ist die höchste Zeit, an die Toilette zu
denken. Edith — Eva (ab links hinten).

Vierzehnte Scene.

Harry. Eva. (Beide im Gespräch von rechts auftretend.)

Harry. Sie muß doch einen Grund haben, daß sie mich
5 so schlecht behandelt — sagen Sie mir, bitte, ganz ehrlich.

Eva. Nun — wenn jemand zu mir von Liebe gesprochen
hätte — und ließe vier Jahre gar nichts von sich hören, ich
behandelte ihn noch viel schlechter.

Harry (bei Seite). Wundervoll naiv. (Laut.) Sie sprach also
10 öfter von mir.

Eva. Gewiß — heute noch!

Harry (bei Seite). Aber von Liebe entsinne ich mich doch gar
nicht gesprochen zu haben.

Eva (bei Seite). Er denkt nach.

15 **Harry.** Bitte, sagen Sie ihr — daß ich auch oft an sie
gedacht hätte.

Eva (bei Seite). Wahrhaftig — sie lieben sich — und ich
werde die Vertraute.

Harry. Ich wäre[1] trostlos über ihre Behandlung.

20 **Eva.** Schön! — Was soll ich denn noch sagen?

Harry. Vorläufig ist das wohl genug.

Eva. Fällt Ihnen noch etwas ein — ich stehe gern zu
Diensten.

Harry. Ich danke Ihnen recht sehr. Wenn ich noch um
25 eins bitten darf — schenken Sie mir Ihre Freundschaft.
(Giebt ihr die Hand.)

Eva. So lange Sie gut[1] sind — gern. (Schlägt ein.)

Harry. Ich danke Ihnen.

Fünfzehnte Scene.

Edith. Lothair. Vorige. Sarah.

Edith (von rechts, überrascht). Ah — ich bedaure — wenn wir stören.

Harry. O — durchaus nicht.　　　　　　　　　　　　　5

Sarah (von links). Ah — endlich — meine Damen — Sie müssen an Ihre Toilette denken.

Eva. Komm — (Im Abgehen zu Edith.) Ich habe dir viel zu erzählen. (Beide ab ins Haus.)

Sarah (zu Harry heimlich). Herr Marsland — Sie werden heute　10 noch eine große Überraschung haben.

Harry. Welche?

Sarah. Ich darf nichts verraten. (Ab links ins Haus.)

Harry (verwundert). Eine Überraschung — was soll das heißen?　　　　　　　　　　　　　　　　　　　　　15

Lothair. Lieber Freund — das sind reizende Mädchen — am liebsten bliebe ich als Bibliothekar immer hier.

Harry. Das heißt schnell Feuer gefangen.[2]

Lothair. Wenn ich nur erst wüßte, welche mir am besten gefällt.　　　　　　　　　　　　　　　　　　　20

Harry. Darüber hast du noch Zeit nachzudenken — viel wichtiger ist, daß dein Onkel hier ist.

Lothair. Wer?

Harry. Dein Onkel Macdonald — ich wurde ihm vorhin vorgestellt.　　　　　　　　　　　　　　　　　25

Lothair. Was soll ich da thun?

Harry. Sehr einfach — hier bleiben.

Gibson (erscheint über der Mauer im Hintergrund).

————

Sechzehnte Scene.

Gibson. Knox und Griff. Vorige.

Gibson (über der Mauer bei Seite). Ah — da sind ja die beiden Herren!

5 **Lothair.** Meine Lage wird immer verwickelter — aber was auch daraus entstehen möge — die Damen entscheiden — ich bleibe.

Harry. Bravo — das ist recht.

Gibson (laut). Guten Morgen, meine Herren.

10 **Harry.** Herr Gibson.   ⎫
Lothair. Um Gotteswillen.   ⎬ (Zugleich.)
                                  ⎭

Gibson. Ja — Sie wundern sich — bitte, warten Sie einen Augenblick — ich komme gleich zu Ihnen. (Verschwindet hinter der Mauer.)

15 **Harry.** Dieser unverschämte Mensch!

Lothair. Ich ziehe mich in die Bibliothek zurück.

Harry (ihn haltend). Oho — mitgefangen, mitgehangen.[1]

Gibson (durch das Thor eintretend). Meine Herren — es ist mir eine große Freude, Sie beide zu begrüßen.

20 **Harry.** Was wollen Sie denn hier?

Gibson. Das sollen Sie gleich hören — ich habe hier einen Wechsel auf die beiden Herren. Wollen Sie zahlen? (Präsentiert ein Papier.)

Harry. Herr Gibson — wir kommen nächstens nach London
25 zurück — dann wird alles geordnet werden.

Lothair. Ganz sicher.

Gibson. Ich denke, meine Herren — wir werden allernächstens zusammen nach London reisen.

Harry. Was soll das heißen?

Gibson. Hier — ein Haftbefehl.

Lothair. Sie wollten wirklich davon Gebrauch machen? 5

Gibson. Eine Liebe ist der andern wert[1] — Sie waren gestern so freundlich zu mir — ich bin es heute auch, ich habe einen Wagen bestellt — Sie werden mit aller Bequemlichkeit reisen.

Harry. Mein bester Herr Gibson — vorläufig werden wir 10 Sie mit aller Bequemlichkeit über jene Mauer spedieren.

Lothair. Ja — das werden wir. (Streift sich die Ärmel auf.)

Gibson (tritt etwas zurück). Einen Augenblick, meine Herren. (Pfeift — Knox und Griff erscheinen auf den Pfiff über der Mauer.) Bitte!

Harry. Verdammt. } (Zugleich.) 15
Lothair. Alle Wetter. }

Gibson. Den Fall hatte ich vorgesehen.

Lothair (Ärmel zurückschlagend. Bei Seite). Schade!

Harry. Sie werden doch mit sich reden lassen — giebt es denn kein Mittel?! 20

Gibson. O ja — ein einziges! —

Harry. Welches?

Gibson. Ich bleibe bei Ihnen.

Harry. Das ist unmöglich! — Lassen Sie nur erst die unheimlichen[2] Gestalten verschwinden. 25

Gibson (winkt nach hinten — Knox und Griff verschwinden). Sie sehen, ich bin coulant[3] — seien Sie es auch — ich gehe ohne Sie nicht fort.

Harry. Mein Onkel — die Jagdgesellschaft — —

Gibson. Ich werde Ihnen keine Schande machen — will 30 Ihnen beweisen — daß ich wie ein Gentleman auftreten kann — haben Sie etwas auszusetzen?[4]

Lothair. Da kommt dein Onkel.

Gibson (zu Lothair). Was ist denn das für ein Rock? Habe ich nicht gemacht.[1]

Lothair (zieht ihn in den Hintergrund und spricht leise mit ihm). Lassen
5 Sie nur!

————

Siebzehnte Scene.

Marsland. Vorige.

Harry (Marsland entgegengehend). Lieber Onkel — mir ist etwas sehr Sonderbares passiert. — Sei nur nicht böse.

Marsland. Was hast du denn?

Harry. Ich habe eine große Bitte an dich.

10 **Marsland.** Zum Henker[2] — was ist es denn — ich habe keine Zeit.

Harry. Ich machte neulich zufällig die Bekanntschaft eines Herrn — er hörte, daß ich zur Jagd hierher reiste — heut' kommt er, um mich aufzusuchen.

15 **Gibson.** Stellen Sie mich doch vor.

Harry (schlägt mit der Hand nach hinten).[3]

Lothair (zieht Gibson zurück). Warten Sie's doch ab.

Harry. Er hat nämlich noch nie eine Parforcejagd[4] gesehen.

Marsland. Das kann er ja morgen hier haben.

20 **Harry.** Aber er ist ein Original[5] — ich sage dir gleich, er ist etwas sonderbar.

Marsland. Thut nichts[6] — mach uns nur bekannt.

Harry (vorstellend). Mein Onkel Marsland — Herr Gibson.

Marsland. Sie wünschen eine Jagd zu sehn?

25 **Gibson.** Ja — würde mir eine große Freude sein. —

Harry. Herr Gibson hat viel gesehen — große Reisen gemacht -- er war lange Zeit in Persien[7] — nicht wahr?

Gibson (verwundert). Persien? (Sieht erst Lothair an — als der zustimmend winkt.) Ja — in Persien.

Harry. Hat dort am Sonnenstich[1] gelitten.

Gibson. O — —

Marsland. Nun — ohne Umstände — seien Sie willkommen — Sie reiten morgen die Jagd mit. (Die Hand gebend.)

Gibson. Reiten?

Marsland. Ich werde gleich für Ihr Unterkommen sorgen — auf Wiedersehn. (Ab links.)

Gibson. Reiten — hören Sie — das wird schlecht ablaufen!

Harry. Ich gebe Ihnen einen roten Frack.

Gibson. Um den Frack ist es mir nicht[2] — aber um das Pferd!

Harry. Das ist nun Ihre Sache — ich hoffe, daß Sie mir Ehre machen werden.

Gibson. Seien Sie unbesorgt — mein Triumph wird sein, wenn Sie sagen — „das ist doch ein Gentleman."

Lothair. Wollen Sie nicht näher treten.[3]

Gibson. Einen Augenblick. (Er pfeift — die beiden Gestalten tauchen wieder über der Mauer auf.)

Harry. Was soll das?

Gibson. Die Herren werden als meine Diener mitgehen -- immer nobel.[4] --

Harry. Das ist nicht möglich.

Lothair. Das geht nicht.

(Zugleich.)

Gibson. Gut — wie Sie wünschen — also in's Wirtshaus. (Er winkt — Knox und Griff verschwinden wieder schnell). Darf ich bitten, meine Herren — (er offeriert Harry und Lothair die Arme) Sicher ist sicher![5] (Indem er beide unterfaßt und abgeht.)

(Der Vorhang fällt.)

Dritter Akt.

Großer Salon bei Marsland — hinten offene Thür — Ausstattung reich und mit englischem Komfort. Links eine Thür, welche in die Bibliothek führt — und eine zweite weiter hinten. Rechts eine Thür und vorn ein Fenster. Kamin mit Feuer.

Erste Scene.

Harry. John. Diener.

5   **Diener** (legt Holz in den Kamin).

John. Achtung, daß das Feuer nicht ausgeht — sonst wäre[1] ja wohl alles in Ordnung. (Sieht sich um.)

Harry (im roten Frack). Mein Onkel nicht hier?

John. Der gnädige Herr sucht ein Pferd für den Fremden 10 aus.

Harry. Und der Bibliothekar?

John. Ging soeben dort in die Bibliothek. (Ab durch die Mitte.)

Harry. Ich muß Lothair auf jeden Fall noch einige Augenblicke allein sprechen.[2] (Geht an die Thür links — öffnet.) Da 15 sitzt er wirklich inmitten seiner Bücher — ein klassischer[3] Anblick.

Lothair (von links). Du kannst lachen, lieber Freund — ich kann dir sagen, mir brennt der Boden unter den Füßen.

Harry. Bist du noch nicht zufrieden — ich beneide dich 20 um deine Stellung.

54

Lothair. Es ist wahr — deine Cousine ist ein reizendes Wesen.

Harry (etwas zögernd). Hem — ja — sie ist so schön, — daß man ihre Fehler verzeiht.

Lothair (schnell). Fehler? —

Harry. Meinst du, sie hätte keine?

Lothair. Ich habe noch keine an ihr entdeckt.

Harry. Also ein Ideal gefunden — Du glücklicher Mensch.

Lothair. Aber die mütterliche Freundin als Zugabe — das ist nicht hübsch. Gestern mußte ich noch eine Stunde mit ihr im Park promenieren, ihre Vorträge über Spiritismus anhören.

Harry. O weh! —

Lothair. Die Alte ist ganz verdreht[1] — ich habe versprechen müssen, ihr ein Medium zu verschaffen — sie will durchaus Geister citieren.

Harry. Schade, daß wir Gibson nicht als Medium vorstellen können.

Lothair. Der Ärmste soll soeben ein Pferd probieren — ich wollte in den Park, um zu sehen, wie das abläuft.

Harry. Das kann gut[2] werden.

Lothair. Wären wir ihn hier nur erst los.[3]

Harry. Verlaß dich auf mich — Übrigens habe ich vorgebeugt[4] — ich habe noch einigemal davon gesprochen, daß er den Sonnenstich hatte.

Lothair. Sowie er aus der Rolle fällt[5] —

Harry. Wird er eingesperrt! —

(Armadale und Woodford treten ein — beide im Parforce-Anzuge[6] — rote Fracks, weiße Hosen, kurze Stiefel mit Stulpen, schwarzer Cylinderhut.)

Zweite Scene.

Armadale. Woodford. Vorige.

Harry. Ah — willkommen, Armadale.

Armadale. Lange nicht gesehen[1] — mein Freund Patril Woodford — Harry Marsland. (Auf Lothair zeigend.) Wer ist denn der Küster?

5 **Harry.** Herr Robert — Bibliothekar meines Onkels.

Armadale (ohne weiter Notiz zu nehmen). Du wirst heute meine Calypso sehen — famoses Pferd geworden.

Lothair (eine Verbeugung machend). Ich habe die Ehre.

Harry. Adieu, lieber Robert. (Armadale und Woodford kaltes Kopfnicken.)

10 **Armadale.** Schon lange hier, lieber Harry?

Harry. Seit gestern.

Armadale (forschend). Wirklich nur zur Jagd gekommen?

Harry. Freilich — ja.

15 **Armadale.** Giebt auch kein besseres Vergnügen wie die Jagd.

Harry. Ich werde aber meinem Onkel melden, daß die Herren da sind. (Ab durch die Mitte.)

Armadale. Der einzige, der mir gefährlich werden könnte.

20 **Woodford.** Du hast also wirklich ernste Absichten?

Armadale. Edith ist hübsch — Marsland ist reich — ich habe gelebt[2] — warum soll ich nicht heiraten.

Woodford. Wenn dir der Vetter nicht zuvorkommt.

Armadale. Hoffentlich macht der alte Marsland keine 25 langen Umstände.

Woodford. Wenn die Kleine nur keine macht.

Armadale. Lieber Freund — etwas Selbstvertrauen muß

man haben — wenn sie mich auf meiner Calypso sieht, wird sich die Sache schon machen.¹

Woodford. Da sehe ich einige Damen im Garten — sind sie das?

Armadale. Wahrhaftig — all right.² Lieber Freund, vor- 5 wärts. (Beide ab durch die Mitte.)

———

Dritte Scene.

Macdonald. Dann Marsland.

Macdonald (von links). Ich wollte in Ruhe hier bei meinem Freunde einige Tage verbringen. — Schöne Ruhe das — lauter³ Fremde und fröhliche Menschen — dabei habe ich eine Laune, daß ich jedem Grobheiten sagen möchte. Das 10 Beste ist, ich reise wieder ab. (Setzt sich.)

Marsland (durch die Mitte — auch im roten Frack — sich die Hände reibend) Jetzt wäre alles geordnet. — Ah, guten Morgen, Macdonald. Prächtiges Wetter — herrlicher Tag zur —

Macdonald. Abreise — ja. 15

Marsland. Was?

Macdonald. Ich bin zu nichts brauchbar — das Beste ist, ich packe meine Koffer und fahre wieder ab.

Marsland. Oho — du scheinst die Misogynie⁴ zu haben.

Macdonald (steht auf). Mag sein — ich kann's nicht über- 20 winden, wenn ich deinen Neffen sehe — die andern jungen, flotten Leute — und an meinen Philister⁵ denke — dann ist für mich alles vorbei —

Marsland. Weißt du was? Harry mag ihn in die Schule⁶ nehmen — ich werde ihn herkommen lassen. 25

Macdonald. Um Gotteswillen — wenn man über ihn

lacht — das könnte ich nicht sehen — ich würde jeden fordern
und mich der Reihe nach mit der ganzen Gesellschaft schießen.
— Du siehst, — ich bin in einer guten Stimmung, — wie, was?

Marsland. Nach dem Frühstück wird das besser.

5 **Macdonald.** Es fing schon gestern Abend an — der Fremde
— Herr Gibson — langweilte mich mit seinem Geschwätz.
Gefällt dir der Mann, wie — was? — Mir nicht.

Marsland. Ich halte ihn für unbedeutend.

Macdonald. Spricht fortwährend von seinem Gelde — das
10 kann ich nicht leiden — dabei ist er neugierig wie eine Wachtel.

Vierte Scene.

Edith. Eva. Harry. Armadale. Woodford. (Durch die
Mitte.) Vorige.

Edith. Guten Morgen — lieber Papa.

Marsland. Gut, daß Ihr kommt — hier ist ein Patient,
15 den Ihr heilen sollt.

Edith. Sie sind krank — Herr Macdonald?

Macdonald. O nein — wenn man so freundliche Gesichter
sieht — fliegen die Grillen fort.

Edith. Das ist gut — Sie müssen uns ja heut Gesell-
20 schaft leisten.

Macdonald. Ich bedaure nur — daß ich ein so alter Kerl
bin.

Edith. Darüber machen Sie sich keine Sorgen [1] — mir
sind die alten lieber wie die jungen.

25 **Macdonald.** Ei — ei, liebe Edith — das ist ein leicht-
sinniger Ausspruch.

Edith. O nein — womit die jungen Herren uns unter-

halten, daß weiß ich alles auswendig — entweder sie schmei=
cheln uns — das ist Zuckerwerk, dessen man überdrüssig wird
— oder sie sprechen von ihren Hunden oder Pferden — das
ist langweilig.

Harry. Guten Morgen, schöne Cousine — wissen Sie, 5
daß ich die ganze Nacht von Ihnen geträumt habe.

Edith. Sie aßen gestern Abend etwas viel[1] Hummern.

Harry. Wieder so spöttisch — nein — es war ein rei=
zender Traum — Sie waren freundlich zu mir — — sahen
so schön aus — freilich schöner wie Sie sind können Sie 10
selbst im Traum nicht aussehen.

Edith (zu Macdonald). Daran soll man sich nun nicht den
Magen verderben.

Armadale (zu Harry). Sie scheinen doch etwas den Hof zu
machen, mein Bester. 15

Harry. Ich räume Ihnen gern das Feld.

Armadale. Mein Fräulein — ich hatte versprochen — eine
Photographie für Ihr Album — bitte.

Edith (zu Macdonald). Zweite Spezies[2] — das ist ja ein Pferd.

Armadale. Aber was für ein Pferd — meine Calypso 20
— Sie werden sie nachher in natura[3] sehen — !

Edith. Ich werde mich freuen Ihrer Calypso vorgestellt
zu werden. (Lachend.) Eva, sieh' nur (geht mit dem Bilde zu Eva).

Macdonald. Ein Mordsmädel.[4] (Im Hintergrunde Marsland,
Woodford, Harry und Eva.) 25

Woodford. Wer reitet denn da so wahnsinnig?

Marsland. Das ist ja mein Bibliothekar — grade auf
die Mauer los.

Armadale. Er wird stürzen.

Marsland. Wetter[5] — war das ein Sprung — jetzt 30
kommt er Graben — da.

Armabale. Kein Kunststück — das Pferd geht mit ihm durch.[1]

Macdonald. Nein — er lenkt es hierher — er pariert.

Edith. Gott — Eva —

5 Eva. Was ist dir?

Edith. O nichts — nichts — ich glaubte, es gäbe ein Unglück.

Armabale. Wie kommt der Küster dazu,[2] zu reiten?

Woodford. Wir werden gleich hören.

Fünfte Scene.

Lothair. Vorige.

10 Marsland. Aber Herr Robert — das hätte schlecht ab= laufen können.

Lothair. Ich bitte tausendmal um Vergebung — ich ging im Park spazieren — als ich ein Pferd auf mich zukommen sah — das augenscheinlich seinen Reiter abgeworfen hatte — 15 ich konnte der Versuchung nicht widerstehen es zu besteigen, es ging so gut, daß ich es wagte, einige kleine Hindernisse zu nehmen[3] — das ist alles.

Eva. Sie haben Edith sehr erschreckt.

Lothair. Hätte ich davon eine Ahnung gehabt — würde 20 ich nicht so übermütig gewesen sein. Verzeihen Sie mir.

Edith. Ich glaubte nicht, daß Sie reiten könnten.

Macdonald. Wo haben Sie das gelernt, junger Freund — wie, was? —

Lothair. O — ich — ich hatte einen Onkel, der war 25 Pferdehändler.

Macdonald. Sie haben kuriose Onkels.[4]

Lothair. Ja — die habe ich, aber dafür kann man doch nicht.[1]

Harry (leise zu Lothair). Das war unbesonnen, Lothair.

Lothair (erfreut). Du — ich glaube, ich fange an zu toben.[2]

Harry. Wo ist Gibson? 5

Lothair. Ich sah seine Kleider wie ein Paar Windmühlenflügel in der Luft — weiter weiß ich nichts.

Harry (lachend). O weh! —

Sechste Scene.

Gibson. Vorige.

Gibson. Ah — Ah! —

Marsland. Mein bester Herr[3] — ist Ihnen etwas passiert? 10

Gibson (der geführt wird — hinkend). Passiert — ich danke — es ist ein Wunder, daß ich noch lebe.

Marsland. Wollen Sie sich nicht setzen.

Gibson. Danke — ich muß erst sehen — ob meine Glieder noch alle ganz sind. 15

Marsland. Wie kam denn die Sache — die Nadja ist doch mein bestes Pferd —

Gibson. Ihr bestes — dann mag ich die andern nicht reiten — lassen Sie sich erzählen — ich steige also auf — das ging ganz gut — versuche einen kleinen Trab — ich flog[4] 20 etwas, aber es machte sich auch noch — aber ich weiß nicht — es ging immer schneller und schneller — halt, denke ich, das geht so nicht weiter —

Marsland. Sie hätten parieren sollen —

Gibson. Natürlich that ich das — aber kaum habe ich ihr 25 so einen kleinen Ruck gegeben (markiert es) giebt sie mir wieder

einen — aber was für einen, ich danke[1] — wie aus der
Kanone geschossen, fliege ich in die Luft — besser kann man
es im Zirkus nicht sehen — ich glaube — ich habe zweimal
den Saltomortale[2] gedreht — dann saß ich auf dem Sande
— Hut — Reitstock — alles war weg.

Harry (leise). Sie haben doch keine wichtigen Papiere verloren?

Gibson (leise). Den Haftbefehl — nein — den habe ich noch
— ich danke für die Nachfrage.[3]

Marsland. Es thut mir sehr leid — mein lieber Herr
Gibson — soll ich Ihnen ein anderes Pferd satteln lassen?

Gibson. Nein — ich danke — ich habe gerade genug.

Armadale. Darf ich Ihnen vielleicht meine Calypso anbieten? —

Gibson. Calypso — sehr verführerischer[4] Name — aber
danke auch — ich will Sie nicht berauben.

John. Herr Marsland, das Frühstück ist serviert.

Marsland. Meine Herren — wenn's gefällig ist — (mit
Armadale, Woodford, Macdonald ab links).

Sarah (von links mit Flaschen und Bandagen). Mein Gott — ich
denke, Ihnen ist ein Unglück passiert — Sie sind gestürzt.

Lothair. Nein — dort ist der Patient.

Gibson. Es geht schon wieder.

Sarah. Wollen Sie nicht wenigstens ein paar Beruhigungstropfen[5] — auf den Schreck.

Gibson. Ich danke — Portwein wird das am besten thun,
ich werde nicht mit reiten — aber mit frühstücken. (Ab links.)

Edith. Herr Robert — sehen Sie nur das malerische
Bild! „Aufbruch zur Jagd." (Mit Lothair auf der Veranda.)

Eva. Wir sind endlich allein, ich habe Ihren Auftrag
ausgerichtet an Edith.

Harry. Ach so — ich kann mir denken — sie hat die Achseln gezuckt — gelacht.

Eva. Nein — im Gegenteil — sie war ernst, nachdenklich.

Harry. So?

Eva. Ja, und sie ist selten ernst — ich glaube, Sie haben allen Grund zu hoffen.

Harry. Miß Eva — Sie sind unendlich gut. —

Eva. Woher wissen Sie das?

Harry. Weil ich es in Ihren Augen lese — Sie haben Herz.

Eva. Dann haben Sie auch Herz — ich meine nicht, daß ich das gelesen habe, aber Sie sind zum Beispiel der Einzige, der zu Herrn Robert freundlich ist.

Harry. Er ist ja ein ganz netter Mensch.

Eva. Gelernt hat er mehr, wie die andern alle.

Harry. Also klug muß man sein, — wenn man Ihnen gefallen will.

Eva. Wer klug und gut ist, gefällt jedem.

Harry. Sie haben Recht, Miß Eva — ich werde mir Mühe geben, beides zu sein, um Ihre Gunst zu gewinnen. (Will ihre Hand fassen.)

Eva (ausweichend). Man wird Sie vermissen — Sie vergessen das Frühstück.

Harry. Am liebsten ließe ich die ganze Jagd und bliebe hier bei Ihnen.

Eva. Edith hat Recht — Sie schmeicheln.

Harry. Nein — nein — bitte, lassen Sie sich von Edith nicht auf meine Fehler aufmerksam machen. Ich will alles ablegen, was Ihnen mißfällt — Ihrethalben, nur Ihrethalben. (Ab links.)

Eva. Meinethalben? —

Siebente Scene.

Edith. Eva.

Edith. An was denkst du denn, Eva?

Eva (erschreckt). Ich?

Edith. Du stehst so still da — hat etwa einer der Herren Eindruck auf dich gemacht?

5 **Eva.** Du kannst doch das Necken nicht lassen.

Edith. O nein — kein Scherz — hast du unser Abkommen vergessen? Wir wollten uns gestehen — wer uns am besten gefiele von den Herren.

Eva. Ach so. —

10 **Edith.** Nun also — heraus mit der Sprache — mache du den Anfang.

Eva. Ich habe noch gar nicht darüber nachgedacht.

Edith. Dann thue es jetzt — also — wer? —

Eva. Ach — fange du lieber an.

15 **Edith.** Vorwärts.

Eva. Ach — wenn ich es dir sage — wirst du mich auslachen.

Edith. Doch nicht Herr Gibson?

Eva. Nein. —

20 **Edith.** Oder der Calypso=Mann?

Eva. O nein — — mir gefällt eigentlich Herr Robert am besten.

Edith. Der Bibliothekar? — So. — —

Eva. Das heißt, mißverstehe mich nicht — ich meine ja 25 nur — daß er mir der interessanteste von den Herren ist. Meinst du nicht auch?

Edith. Vielleicht — du sollst sehen, mit der Zeit werden solche Menschen, die alles wissen — langweilig. —

Eva. Er hat nichts pedantisches, ist doch hübsch. —

Edith. O — (will sagen „ja") — — ganz leidlich — doch nichts außergewöhnliches.

Eva. Er ist liebenswürdig — seine Manieren sind gut.

Edith (etwas spitz). Du schilderst ja seine Vorzüge sehr warm.   5

Eva. Aber jetzt — wer gefällt dir am besten?

Edith. Warum soll ich's verschweigen — mir ist Harry immer noch der Liebste.

Eva (etwas gespannt). Wirklich? —

Edith. Hübsch ist er doch auch.   10

Eva. O — (will sagen „ja") — — das heißt, es geht an.[1]

Edith. Sein Auge ist doch schön.

Eva (bei Seite). Sie scheint es doch sehr genau angesehen zu haben.

Edith. Sieh' ihn nur einmal prüfend an.   15

Eva. Ja — das kann ich ja thun — — (etwas kläglich) aber es ist recht gut, daß wir uns ausgesprochen haben.

Edith. Ja — recht sehr gut. —

Eva. Aber wenn du den Vetter wirklich gern hast — dann behandle ihn etwas besser.   20

Edith. Das ist ganz meine Sache — aber da kommt Herr Robert — soll ich dich allein mit ihm lassen?

Eva. Edith — wenn ich gewußt hätte, daß du mich necken würdest — hätte ich nichts gesagt.

Edith. Nun gut — (die Hand gebend) laß uns unser Ver=   25
sprechen erneuern[2] — keine Heuchelei zwischen uns.

Eva. Nein — immer Wahrheit und Offenheit.

Edith. Meine liebe Eva.

Eva. Liebe Edith. (Umarmen sich.)

Eva (für sich). Ich werde stark sein — was auch passieren mag.   30

Edith (für sich). Ich möchte wissen — wie Herr Robert denkt.

Achte Scene.

Lothair. Vorige.

Lothair (durch die Mitte). Störe ich, meine Damen?

Eva (ohne ihn anzusehen). Nein.

Edith (ohne ihn anzusehen). Nein. (Drehen ihm beide den Rücken zu.)

Lothair. Was hat's denn da gegeben — das ist ja merk=
5 würdig. (Eva macht sich links — Edith rechts auf der Bühne zu schaffen.[1])

Lothair. Sind die Damen erzürnt?

Eva. Nein! — ⎫
  ⎬ (Wie vorhin.)
Edith. Nein! — ⎭

Lothair. Scheint doch etwas Gewitterluft.[2] (Man hört hinter
10 der Scene „Aufbruch zur Jagd" blasen — wie bei den Parforce=Jagden gebräuchlich.)

Neunte Scene.

Marsland und Armadale. Woodford. Harry. Macdonald. Gibson (von links). Vorige. Sarah (von rechts).

Marsland. Vorwärts, meine Herren — zu Pferde.

Armadale. Meine Damen — auf Wiedersehen.

Harry (zu Eva getreten). Glück dürfen Sie mir nicht wünschen[3]
— aber wenn Sie mir die Hand geben, habe ich es.

15 **Eva.** Vergessen Sie nur Edith nicht.

Harry. Adieu, Edith.

Edith (freundlich). Adieu, lieber Vetter. (Die Herren ab.)

Gibson (Harry anhaltend). Sie kommen doch sicher wieder?

Harry. Natürlich — und dann — ich lasse den Freund
20 dir als Bürgen (auf Lothair zeigend), ihn magst du — entrinn' ich
— erwürgen.[4] (Ab durch die Mitte.)

Lothair. Danke verbindlichst. (Die Jagd wird angeblasen — Lärmen wie beim Aufbruch der Jagd — Peitschengeknall — Hunde schlagen an.[1] Die auf der Bühne Befindlichen — teils auf der Veranda — teils an der Thür — winken mit den Tüchern.)

Gibson. Ich danke meinem Schöpfer, daß ich nicht mit-zureiten brauche. 5

Macdonald. Wie konnte Ihnen das Malheur[2] passieren — sind Sie nicht in Persien viel geritten?

Gibson. Ja — jawohl.

Lothair. Wahrscheinlich auf Elephanten —

Gibson. Ja — ganz recht. 10

Macdonald. Ich gehe wieder an das Frühstück.

Gibson. Das ist eine vernünftige Idee — ich gehe mit. (Ihm schnell nach, beide ab links, nachdem sich Macdonald mürrisch nach ihm umgesehen hat.)

Sarah. Nun aber, meine Damen, an die Stunde,[3] ich 15 habe es Ihrem Papa versprochen.

Edith. Ich finde es eine merkwürdige Idee, daß wir heute studieren sollen.

Lothair (bei Seite). Ich auch.

Sarah. Sie holen wohl die Bücher aus der Bibliothek, 20 lieber Herr Robert.

Lothair. Gewiß, (bei Seite) auf den Unterricht bin ich be-gierig. (Ab links vorn.)

Edith. Wir brauchen wenigstens nicht in die dumpfe Bibliothek. 25

Eva. Hier ist es ja wundervoll.[4] (Arrangieren beide den Tisch für den Unterricht.)

Sarah. Sie sehen, meine Damen, daß Herr Robert ein feiner, gebildeter Mann ist — ich bitte Sie nochmals — bewahren Sie das Decorum — lassen Sie alle Scherze und 30 Neckereien.

Edith. Gewiß — schon Eva's halber.

Eva. Mir ist es einerlei. (Beide setzen sich.)

Lothair (von links mit Büchern unter dem Arm). Ich bringe hier eine kleine Auslese, meine Damen — die Perlen unserer Litte=
5 ratur. Sie mögen selbst auswählen. (Er geht an den Tisch und setzt sich in die Mitte — links Edith — rechts Eva. Sarah setzt sich auf der rechten Seite der Bühne.)

Edith. Also — lassen Sie hören.

Lothair (ein Buch aufschlagend und den Titel lesend). Hier ist zuerst
10 der Vicar of Wakefield.[1]

Eva. Das dachte ich.

Edith. Den kennen wir auswendig.

Lothair. Schön — legen wir den würdigen Mann bei Seite. — (Ein anderes Buch nehmend.) Tom Jones[2] von Fielding.

15 **Sarah** (schnell aufspringend). Um Gotteswillen, das ist wohl ein Versehen — Tom Jones ist ein sehr gutes Buch — aber es paßt nicht für junge Damen.

Lothair. Haben Sie es gelesen?

Sarah. Ja —

20 **Lothair.** Ich nicht — aber Sie müssen es wissen; bitte, konfiscieren Sie das Buch. (Giebt ihr das Buch.)

Sarah (bei Seite). Der Mensch ist so unschuldig! (Setzt sich wieder).

Lothair. Also weiter — (wie oben) Milton, Das Verlorene Paradies.

25 **Sarah.** Das ist gut — das lesen Sie.

Edith. Gewiß sehr langweilig — aber fangen Sie nur an — wir hören. —

Lothair (im docierenden Ton). Meine Damen. Milton war be= kanntlich ein blinder Dichter und diktierte seinen Töchtern
30 Das Verlorene Paradies. Im Paradies gab es natürlich nur zwei Menschen.

Edith. Adam und Eva.

Lothair. Ganz recht. In Eva schilderte er die Vertreterin des Schönen — welches aber mit dem Bösen verwandt ist. — Adam dagegen war ein schwacher Mensch — — der — —

Sarah. Lesen Sie lieber vor, Herr Robert — —   5

Lothair. Schön — — Also — Erster Gesang. (Lesend.)

> „Des Menschen erste Schuld — die Frucht des Baums —
> Des untersagten — deren gift'ge Kost
> Tod in die Welt gebracht, all' unser Weh'
> Und Edens Einbuß', bis ein Mächt'gerer   10
> Uns sühnt und neu errang den Sitz des Heils.
> Sing Himmelsmus', die auf ödem Gipfel
> Des Horeb oder Sinai — —[1]

Sarah. Die Sache ist im Gange — ich kann gehen. (Geht leise durch die Mitte ab.)   15

Edith (sieht ihr nach — als sie hinaus ist — klappt sie Lothair das Buch zu).

Lothair (erstaunt). Ah! —

Edith. Sie ist fort — das ist ja langweilig.

Lothair. Sie haben Recht — das gefundene[2] Paradies ist schöner, wie das verlorene. Was befehlen Sie also,   20 meine verehrten Schülerinnen? Ich stehe ganz zu Befehl.

Eva. Croquet können wir hier nicht spielen.

Edith. Wir wollen Tischrücken.[3]

Lothair. Tischrücken — O, meine Damen — das ist ja veraltet — wie der Psychograph. Der Spiritismus hat jetzt   25 soviel neue Seiten —

Edith. Sie sind Spiritist?

Lothair. Das wohl eigentlich nicht, aber ich mußte mich in der letzten Zeit mehr damit beschäftigen, als mir lieb ist —

Eva. So?   30

Lothair. Ich hatte eine Tante, die sich dafür interessierte.

Edith. Dann müssen Sie uns etwas erzählen.

Eva. Miß Sarah hat dicke Bücher darüber — aber sie
versteckt sie immer vor uns.

Lothair. Nun — das allerneuste ist die Materialisation.[1]

5 **Eva** und **Edith.** Was ist das?

Lothair. Man ist so weit, — das die Geister körperlich
erscheinen.

Edith. Nicht möglich!

Lothair. Ja — sie sind da — sie bringen Veilchen und
10 Oleanderblüten — man kann ihnen die Hand drücken — man
wird von ihnen geküßt. (Beide rücken näher an ihn heran.)

Eva. Um Gotteswillen.

Edith. Dafür müßte ich danken[2] — aber seh'n möcht' ich
das — lassen Sie uns doch einmal einen Geist erscheinen.

15 **Lothair.** Meine Damen — so leicht ist das nicht — dazu
gehört ein Medium.

Edith. Ein Medium?

Eva. Was ist das?

Lothair. Das ist ein bevorzugtes Wesen — das vermittels
20 einer sehr nervösen vierdimensionalen[3] Konstruktion das
Mittelglied zwischen Menschen und Geisterwelt ist.

Edith. Besorgen Sie uns doch ein Medium.

Eva. Ach ja!

Lothair. Denken Sie — Miß Sarah hat denselben Wunsch
25 ausgesprochen — ich habe es ihr versprechen müssen — aber
was würde Ihr Papa sagen?

Edith. Der darf allerdings nichts wissen.

Eva. Wir können ja das Medium beim Gärtner ein-
quartieren.

30 **Edith.** Ja — dort entdeckt es kein Mensch — besorgen
Sie uns auf alle Fälle eins.

Lothair. Aber meine Damen — Ihr Papa — — —

Eva. Da steht uns Miß Sarah bei — (steht auf) wir werden gleich alles mit ihr verabreden. (Beide ab.)

Lothair. Da habe ich mir etwas Schönes eingebrockt.[1] (Ab durch die Mitte.)   5

Zehnte Scene.

Macdonald. Gibson.

Macdonald. Unausstehlicher Mensch! Je mehr er trinkt — desto mehr schwatzt er — ich mache, daß[2] ich fortkomme.

Gibson (von links, animiert[3]). O — halt — wo wollen Sie denn hin?

Macdonald. Ich würde Ihnen raten, etwas auszuruhen 10 — der Portwein wird Ihnen zu Kopf steigen.

Gibson. Ach — das bin ich gewöhnt — ich kann tüchtig trinken — aha — das sollen Sie erst einmal bei Tisch sehen. — Sie sind ein alter gemütlicher Herr — wollen wir uns neben einander setzen?   15

Macdonald. Vielleicht — (bei Zeite) etwas zudringlich, der Herr. (Setzt sich an den Tisch und nimmt eine Zeitung.) Wollen Sie nicht auch etwas lesen —? Wie? — (Giebt ihm eine Zeitung.)

Gibson. Lesen —? Jetzt? —

Macdonald. Man muß doch sein bißchen Politik studieren. 20

Gibson. Natürlich — natürlich. (Setzt sich links an den Tisch, Macdonald gegenüber — nimmt eine Zeitung vor.) Wenn Ihnen aber lieber eine Partie Whist gefällig ist —

Macdonald (kurz). Danke. (Liest.)

Gibson. Na — dann nicht. (Versucht zu lesen.) Weiß der 25 Himmel — die Buchstaben flimmern so — ist das der Druck

oder die Beleuchtung — kann mich setzen wie ich will — ich
sehe nichts.

Macdonald (in seine Zeitung vertieft). Wie lange wird dieses
Ministerium noch wirtschaften?[1]

5 Gibson. Das weiß ich nicht.

Macdonald. Sind Sie Whig oder Tory,[2] mein Herr?

Gibson. Ich — ich bin —

Macdonald. Natürlich —

Gibson (schnell einfallend). Natürlich, Tory.

10 Macdonald. Was? —

Gibson. Hoch Tory — ja.

Macdonald. Wie ist das möglich?

Gibson. Wie das möglich ist — das ist ja die beste Gesellschaft — die feinste Crême.[3]

15 Macdonald (sich ereifernd). Aber mit Ihren Grundsätzen wird
das Land ruiniert. Da billigen Sie also auch unsere aus-
wärtige Politik? Wie? —

Gibson. Hem — ja —

Macdonald. Das ist gut — aber da bin ich gespannt,[4]
20 wie Sie das verteidigen — bin ich wirklich gespannt. Da
ist zum Beispiel Afghanistan![5]

Gibson. Ja — da ist zum Beispiel Afghanistan.

Macdonald. Wie verteidigen Sie das. — Wie — was?

Gibson (bei Seite). Der Mann schreit so. (Laut.) Bester
25 Herr — wir werden uns doch nicht über Politik streiten?

Macdonald. Streiten — streiten. — Gentlemen streiten
sich nicht.

Gibson. Nein.

Macdonald. Aber zum Henker — man kann doch seine
30 Ansichten austauschen. Wie — was? (schlägt auf den Tisch — steht auf.)

Gibson. Ach. — Wissen Sie, daß ihr Rock ganz falsch
gemacht[6] ist?

Macdonald. Mein Rock? (Betrachtet sich verwundert.)

Gibson. Ja — dafür habe ich ein Auge.

Macdonald. Wir sprachen ja jetzt von Politik.

Gibson. Lassen Sie doch die Politik — seien Sie gemüt= lich. Wissen Sie — wo der Hauptfehler steckt?   5

Macdonald. Das Ministerium —

Gibson. Ach — ich meine den Rock — der Ärmel ist ganz falsch eingesetzt. — Wo haben Sie denn das Ding bauen lassen?[1]

Macdonald. Was geht Sie mein Rock an?   10

Gibson. Er ist ohne Geist gemacht, sage ich Ihnen — gepfuscht.

Macdonald (böse). Wollen Sie mich zum besten haben?[2]

Gibson. Fällt mir gar nicht ein — aber sehen Sie, lieber Herr — (zeigt auf seinen Anzug) sehen Sie einmal das an — das   15
ist Fall[3] — Geschmack — Kunst. — Wie — was?

Macdonald (erstaunt). Der Mensch scheint — (auf den Kopf weisend).

Gibson. Ein Anzug kann ein zusammengeflicktes Stück Zeug sein — es kann aber auch ein Kunstwerk sein — und wer das machen kann, ist ein Künstler. Ihren Rock hat ein   20
Pfuscher gemacht.

Elfte Scene.

Lothair. Vorige.

Lothair (ist durch die Mitte eingetreten, hat die letzten Worte gehört). Was soll das?

Macdonald. Gut, daß Sie kommen — der Herr redet hier ein Zeug —   25

Gibson. Zeug[1] reden kann jeder — aber Zeug zuschneiden — da liegt der Hund begraben.[2]

Lothair. Aber Herr Gibson — nehmen Sie sich zusammen.

5 **Gibson.** Sie sind fein angezogen. Das habe ich gemacht — aber sehen Sie doch d e n[3] Herrn.

Lothair (zu Macdonald). Der Sonnenstich[4] kommt heraus. (Tritt wieder zu Gibson und faßt ihn unter den Arm.) Herr Gibson — kein Wort weiter — jetzt kommen Sie mit mir.

10 **Gibson.** Fangen Sie so an — ich lasse Sie sofort einstecken — Herr Macdonald.

Lothair. Sie will er einstecken l[ass]en — Sonnenstich —

Gibson. Den Rock hat ein Pfuscher gemacht.

Lothair. Bitte, gehen Sie — ich werde schon mit ihm
15 fertig.[5]

Macdonald. Der Mann müßte nach Bedlam[6] gebracht werden. (Ab durch die Mitte.)

Lothair. Herr Gibson.

Gibson. Nun?

20 **Lothair.** Sie haben zu viel getrunken.

Gibson. Das kann sein.

Lothair. Sie werden jetzt ausschlafen.

Gibson. Eigentlich eine ganz vernünftige Idee.

Lothair. Ich werde Ihnen ein ruhiges Plätzchen an-
25 weisen.

Gibson. Warum reden Sie nicht gleich so vernünftig. Wo ist denn der Alte?

Lothair. Kommen Sie nur! —

Gibson. Den Rock hat doch ein Pfuscher gemacht. (Beide
30 ab links vorn.)

Zwölfte Scene.

Robert.

Robert. (Wie im ersten Akt — mit Gummischuhen und Regenschirm — kleinem Koffer.) Gott sei Dank — da bin ich — zwei Meilen[1] zu Fuß mit den Sachen — ich bin halb tot — aber auf das Tele= gramm mußte ich doch kommen. Hier scheint alles wie ausgestorben — ich bin keiner Seele begegnet — nun, ich ⁵ werde mich wohl etwas setzen dürfen — (setzt sich) ach — das thut gut. — Im Dorfe sagte man — das alles zur Jagd sei — nun — man wird wohl kommen.

Dreizehnte Scene.

Macdonald. Robert.

Macdonald (hinten durch die Mitte). Was seh' ich — mein Neffe — ₁₀

Robert. Das ist so weich — wenn ich nur nicht einschlafe — ich werde mich etwas zwicken. (zwickt sich in das Bein.)

Macdonald (vortretend und laut). Mensch — wo kommst du her?

Robert (ist aufgefahren). Herr Gott — der schreckliche Mann. ₁₅

Macdonald. Ich frage, wie du her kommst. — Wie — was?

Robert. Mit der Eisenbahn und zu Fuß.

Macdonald. Unsinn — ich frage weshalb?

Robert. Nun, Herr Marsland hat mir telegraphiert. ₂₀

Macdonald. Also doch — das ist sehr gut gemeint — ich kann dich aber hier nicht gebrauchen.

Robert. Erlauben Sie mein Herr — ich komme nicht zu Ihnen — sondern zu Herrn Marsland.

Macdonald. Ist Herr Marsland die Hauptsache — oder ich — Wie — was?

5 **Robert.** Er fängt schon wieder an.

Macdonald. Ich will unter keinen Umständen, daß du hier bleibst. Verstanden?

Robert. Ja — aber warum denn nicht?

Macdonald. Weil ich nicht verspottet sein will — und du 10 nicht ausgelacht werden sollst — fordern[1] würdest du doch keinen Menschen —

Robert. Fordern — nein!

Macdonald. Ich habe meinen Plan gefaßt — ich schicke dich nach Amerika.

15 **Robert.** Sehr gütig.

Macdonald. Du magst sechs Monat in San Franzisko und sechs Monat bei den Mormonen bleiben — das wird dich kurieren, an Geld soll es dir nicht fehlen.

Robert. Sehr freundlich — aber Herr Marsland —

20 **Macdonald.** Ach — mein Freund Marsland hat bona fide[2] gehandelt — ich nehme es ihm nicht übel — daß er dir telegraphierte — er wollte mir eine Freude machen.

Robert. Unbegreiflich.

Macdonald. Er sah dich aber nicht — darf dich jetzt auch 25 nicht sehen — kein Mensch darf dich hier sehen.

Robert. Ich glaube doch — daß Sie zu weit gehen.

Macdonald. Nein.

Robert. Meine Stellung — meine Zukunft — mein Lebens-glück.

30 **Macdonald.** Dafür werde ich sorgen — jetzt bin ich mir aber der Nächste[3] und will keine Blamage. Also keine

weiteren Worte — zum Glück ist alles fort — komm. (Nimmt ihn bei der Hand.)

Robert. Aber mein Herr — (will widerstreben.)

Macdonald. Kein Aber — fort -- hier herein (zieht Robert fort und läßt ihn links zweite Thür eintreten.) Was fange ich aber an — ich muß irgend jemand besorgen,[1] der ihn heimlich wieder fortschafft — wen —? —

Vierzehnte Scene.

Sarah. Macdonald.

Sarah. Entschuldigen Sie, haben Sie einen Fremden hier eintreten sehen?

Macdonald. Einen Fremden — ich — nein —

Sarah. Es war mir doch, als wenn er durch die Veranda ging. (Sucht mit Blicken umher.)

Macdonald (schroff). Ich sage Ihnen, ich habe niemand gesehen — glauben Sie mir nicht? Wie? —

Sarah. Entschuldigen Sie — dann muß er wo anders sein — entschuldigen Sie. (Ab.)

Macdonald. Die Alte ist schon auf seiner Fährte — Himmel — Donnerwetter — es muß etwas geschehen.

Fünfzehnte Scene.

Lothair. Macdonald.

Lothair. Den hätte[2] ich zur Ruhe gebracht. (Hat den roten Rock von Gibion über dem Arm, und legt denselben hinten ab.)

Macdonald. Herr Bibliothekar — Sie sind ja ein Mann.

Lothair. Ja — ich denke —

Macdonald. Ich meine, ein vernünftiger Mensch. — Ich bin in einer schrecklichen Verlegenheit. — Sie müssen helfen.

Lothair. Wenn ich kann — sehr gern. —

5 **Macdonald.** Ich muß mich Ihnen anvertrauen — ich habe einen Neffen — einen schrecklichen Menschen.

Lothair. Was Sie sagen. —

Macdonald. Lassen Sie mich nicht darüber reden.

Lothair. Das wäre mir aber doch grade interessant.

10 **Macdonald.** Jetzt ist keine Zeit dazu — später — ich kann Ihnen nur sagen, mein Neffe ist ein Monstrum[1] —

Lothair. Ah!

Macdonald. Er ist hier. —

Lothair. Hier?

15 **Macdonald.** Ja.

Lothair. Das wissen Sie genau?

Macdonald. Versteht sich —

Lothair. Ja — wo ist er denn?

Macdonald. Dort drin — ich habe ihn versteckt.

20 **Lothair.** Dort drin?

Macdonald. Thun Sie mir den Gefallen — schaffen Sie den Menschen fort, ehe ihn jemand sieht — Sie sind ja hier bekannt — werden Mittel und Wege finden — was es kostet ist gleichgültig — hier ist meine Brieftasche — bitte, nehmen

25 Sie —

Lothair. Ja, wo soll er denn hin —?

Macdonald. Nach Hause — nach London — nur fort — fort. — Kann ich mich auf Sie verlassen — wie? — (die Hand gebend.)

30 **Lothair.** Ja — aber — wenn ich einmal in Verlegenheit bin — Sie helfen mir auch, Herr Macdonald?

Macdonald. Mein Wort darauf. —

Lothair. Sie sind ein netter alter Herr — man kann nie wissen, wie es im Leben kommt — Sie kennen wohl die Geschichte vom Löwen und der Maus[1] — ich bin jetzt die Maus. —

Macdonald. Ich werde der Löwe sein — machen Sie ihre Sache gut. (Schnell ab durch die Mitte.)

Lothair. Da bin ich doch gespannt — wen ich da finde (geht nach links, öffnet die Thür). Herr Robert! Kommen Sie nur heraus.

————

Sechzehnte Scene.

Robert. Lothair.

Robert (tritt schüchtern ein — sieht sich um, ob Macdonald noch anwesend ist). O wie gut — daß ich Sie treffe — ist denn der schreckliche Mann fort?

Lothair. Wir sind allein — aber wie Teufel kommen Sie denn her?

Robert. Herr Marsland telegraphierte, ich sollte unverzüglich kommen. —

Lothair. Und wir waren soeben abgereist — ich verstehe — aber wie kommt Herr Macdonald dazu, Sie für seinen Neffen zu halten.

Robert. Das weiß ich nicht — der Mann muß hier nicht richtig sein. Lassen Sie mich, bitte, nicht mit ihm allein.

Lothair. Nein — nein — es darf Sie überhaupt heute hier niemand sehen.

Robert. Merkwürdig - ich bin doch gerufen!

Lothair. Ja — ja — das mag sein — ich kann Ihnen die ganze Sache jetzt nicht auseinandersetzen[2] sie ist sehr ver-

wickelt — aber verlassen Sie sich auf mich — ich meine es
gut mit Ihnen — und werde für Sie sorgen, (bei Seite) ich
bringe ihn zum Gärtner, (laut) nehmen Sie Ihre Sachen.

Robert (seine Sachen nehmend). Ich begreife das alles nicht.

5　**Lothair.** Das ist auch nicht nötig — kommen Sie nur.
(Er geht bis an die Mittelthür links hinaus und fährt erschreckt zurück.) Da
kommt gerade die Alte. (Hinter der Scene Signale — die Jagd wird ab-
geblasen.) Zu spät.

Robert. Zu spät — (erschreckt). Was ist zu spät? (Läßt seine
10　Sachen fallen.)

Lothair. Sie können nicht mehr hinaus — da hilft es
nichts — ich muß Sie in der Bibliothek unterbringen.

Robert. Bibliothek — das ist ja ganz für mich geeignet.

Lothair. Jawohl — es ist zwar noch jemand drin — aber
15　Sie werden sich schon vertragen.

Robert. Doch nicht der schreckliche Mann? —

Lothair. Nein — etwas Sonnenstich hat er zwar auch —
verhalten Sie sich nur ganz ruhig — nachher hole ich Sie
— aber nun ohne Umstände — hier hinein. (Er schiebt Robert in
20　die vordere Thür links.)

Robert. Vergessen Sie mich nur nicht — (bei den letzten Wor-
ten von Lothair ist Sarah hinten erschienen und hat Robert noch gesehen).

Siebzehnte Scene.

Sarah. Lothair.

Lothair (schließt die Thür). So!

Sarah (vortretend). Also habe ich doch recht gesehen — er
25　war hier.

Lothair. Wer?

Sarah. Der Fremde — den ich vorher eintreten sah — Sie ließen ihn soeben dort hinein.

Lothair. Das haben Sie gesehen? (bei Seite) Was sage ich nur?

Sarah. Wer ist es denn? —

Lothair. Meine beste Miß Sarah — Sie haben mir ja versprochen, eine mütterliche Freundin zu sein — erlauben Sie, daß ich Gebrauch davon mache. (Ihre Hand erfassend.)

Sarah. Was giebt es denn?

Lothair. Bitte fragen Sie nicht — Sie sollen später alles erfahren — es giebt Dinge¹ zwischen Himmel und Erde, von denen sich unsere Schulweisheit nichts träumen läßt. — Mit dem Fremden ist ein Geheimnis verknüpft — er muß einige Tage versteckt bleiben.

Sarah (sehr erfreut). Herr Robert!

Lothair. Was haben Sie?

Sarah. Herr Robert — Sie haben meinen Wunsch erfüllt — es ist da?

Lothair. Was?

Sarah (geheimnisvoll). Das Medium!

Lothair. Alle Wetter!

Sarah. Ja — ja — ich sehe es Ihnen an — ich bat — Sie telegraphierten — es ist da — leugnen Sie nicht.

Lothair. Wenn Sie alles erraten — da hilft kein Leugnen.

Sarah (umarmt ihn). O wie danke ich Ihnen, lieber Herr Robert.

Lothair. Bitte, es ist gern geschehen.²

Sarah. Aber nun lassen Sie mich sehen (will nach links).

Lothair. Nein, bitte (hält sie auf), es ist sehr angegriffen³ — sorgen Sie lieber für sein Unterkommen. —

Sarah. Sie haben Recht — das ist vor allen Dingen

nötig. Um acht ist Diner — kurz vor dem Diner erwarten
Sie mich hier — es ist dunkel und wir können es dann
unbemerkt hinausbringen.

Lothair. Sehr gut — ich erwarte Sie?

5 **Sarah.** Ich werde Edith und Eva gleich benachrichtigen,
Herr Robert, ich danke Ihnen noch viel — vielmals — daß
Sie meinen Herzenswunsch erfüllt haben.

Lothair. Bitte.

(Sarah ab.)

Achtzehnte Scene.

Harry. Lothair.

Harry (von links). Die Jagd ist aus — ich will nun sehen,
10 wie es dir geht.

Lothair. Lieber Freund — ich bin tot.

Harry. Etwas passiert? —

Lothair. Das Tollste. — Der gute Herr Gibson hat sich
beim Frühstück berauscht [1] — zum Glück kam ich dazu — als
15 der Schneider herausbrechen wollte [2] — ich führte ihn mit
Gewalt fort — dort in die Bibliothek — vorläufig schläft er.

Harry. Da ist er gut aufgehoben. [3]

Lothair. Ich habe ihm aus Vorsicht den Rock fortge-
nommen — er muß darin bleiben. Das ist aber nicht alles
20 — Herr Robert ist angekommen.

Harry. Nicht möglich! —

Lothair. Ja, ich faßte ihn noch rechtzeitig — er ist auch
da drin.

Harry. Das wird ja eine ganze Sammlung von sonder-
25 baren Menschen —

Lothair. Geh' nur — geh' — Du bist ja für nichts verantwortlich.

Harry. So gefällst du mir, Lothair — aus dir¹ kann doch noch etwas werden. (Ab links.)

Lothair. Was ist denn das — Stimmen in der Bibliothek. (Geht an die Thür und horcht.) Wahrhaftig — sie sprechen zusammen — auf die gegenseitige Vorstellung² wäre ich neugierig. (Es fängt an dunkel zu werden.)

Neunzehnte Scene.

Edith. Eva. (Durch die Mitte.) Lothair.

Edith. Sie sind allein, Herr Robert?

Eva. Wo ist das Medium?

Lothair. Aber, meine Damen, glauben Sie doch nicht —

Edith. O, wir wissen alles durch Miß Sarah — beim Gärtner ist schon Quartier besorgt — aber jetzt wollen wir das Medium sehen.

Eva. Ja — machen Sie nur keine Umstände.

Lothair. Meine Damen — ich habe Ihnen schon gesagt, solche Wesen sind sehr nervös — lassen Sie ihm heute Ruhe — bitte!

Edith. Wie sieht es denn aus?

Eva. Gewiß sehr unheimlich!

Lothair. Etwas — ja. —

Edith. Ist es jung oder alt?

Lothair. Jung.

Eva. Jung und unheimlich, das muß ja sehr interessant sein.

Edith. Interessant? — Mir wird mehr unheimlich.

Eva. Ja — ja, und wenn nun erst wirklich Geister er=
scheinen.

Robert (hat leise und unbemerkt die Thür links geöffnet — ist leise hinter Lothair
getreten — berührt seine Schulter). Bester Herr — (Eva und Edith sehen sich
5 um, fahren erschreckt zurück.)

Lothair (erschreckend). Was?

Eva. Das ist das Medium.

Edith. Wie es uns ansieht. (Schmiegen sich aneinander.)

Robert. Entschuldigen Sie tausendmal, meine Damen —
10 (geht auf die Damen zu — dieselben weichen ängstlich zurück).

Eva. Bleiben Sie nur — —

Robert (wie oben). Ich wollte nur —

Edith. Nicht zu nahe — — fort — fort.

Lothair (zu Robert leise). Was wollen Sie denn?

15 **Robert.** Bester Herr — der Mann da drin ist auch nicht
gut.[1]

Lothair. Ich habe Ihnen ja gesagt, er ist krank.

Robert. Er will mir durchaus meinen Rock ausziehen —

Lothair. Leiden Sie das nicht — aber Sie müssen sofort
20 wieder hinein.

Robert. Aber — — —

Lothair. Kein Aber — — —

Robert. Er spricht aber immerfort — fragt, wie ich
hineinkomme.

25 **Lothair.** Sagen Sie nur, Sie wären zu seiner Pflege[2]
da — (schiebt ihn wieder hinein).

Robert. Meine Damen, ich bitte tausendmal —

Edith. Hast du gesehen — wie seine Augen funkelten?

Eva. So denke ich mir einen Vampyr.[3]

30 **Lothair.** Sie waren erschreckt, meine Damen — ich be=
daure sehr.

Edith. Sehr nervös sah er aus.

Eva. Ja — komm', Edith — ich fürchte mich hier.

Lothair. Der Mond geht auf — es wäre jetzt die beste Zeit, ihn fortzuschaffen — ehe es ganz hell wird.

Eva. Wir müssen den Schlüssel noch holen — aber allein gehe ich nicht.

Edith. Ich auch nicht, vielleicht begleitet uns Herr Robert.

Lothair. Mit Vergnügen — kommen Sie nur — (Alle drei ab links hintere Thür.)

Zwanzigste Scene.

Robert. Dann Edith, Eva und Lothair.

Robert (wieder leise von links). Das halte ich nicht aus, der Mensch rumort entsetzlich[1] — jetzt reißt er die roten Gardinen von den Schränken[2] — man ist ja seines Lebens nicht sicher — dabei bin ich so müde — daß ich kaum stehen kann — hier ist niemand — ich werde hier etwas ruhen (setzt sich rechts auf einen Sessel) — ah — das thut gut. Es war zwar ein sonderbarer Empfang hier — (gähnt) aber ich habe immer gehört: wo Jagd ist, geht es drüber und drunter[3] — — nun — — morgen — — wird es wohl — — besser. (Schläft ein.)

Edith. Der Schlüssel ist da — wenn Sarah nur käme!

Eva. Das Beste ist, wir erwarten sie hier.

Edith. Aber Sie dürfen uns nicht allein lassen, Herr Robert.

Lothair. Nein — ich bleibe bei Ihnen. (Treten vor.)

Robert (im Schlaf seufzend). Ah — —

Edith (zusammenfahrend). Was war das?

Eva (sieht den schlafenden Robert). Herr Gott — das Medium.

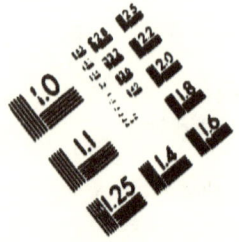

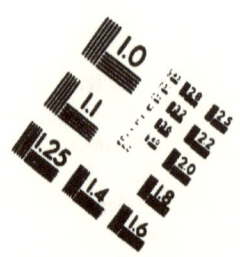

**IMAGE EVALUATION
TEST TARGET (MT-3)**

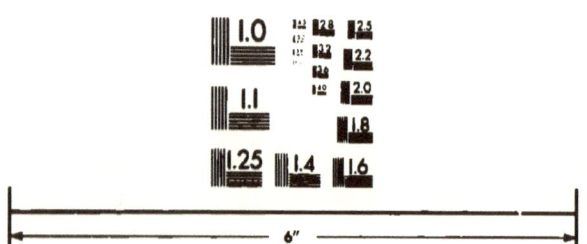

Photographic
Sciences
Corporation

23 WEST MAIN STREET
WEBSTER, N.Y. 14580
(716) 872-4503

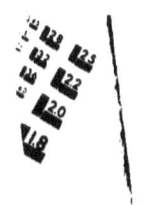

Lothair. Wo?

Eva. Dort — dort — es schläft — (Weichen zurück.)

Lothair (hinzutretend). Der Schlingel — fürchten Sie sich nicht, meine Damen.

5   **Edith.** Wenn nur jetzt nichts erscheint!

Sarah (ist in weißer, langer Mantille und Kapuze[1] hinten in der Mitte erschienen, vom Mond hell erleuchtet). Pst — pst —

Edith und **Eva** (zusammenfahrend). Herr Gott!

Lothair. Es ist ja Miß Sarah — (bei Seite) sieht wie ein
10 Gespenst aus.

Sarah. Herr Robert! — Herr Robert! —

Lothair. Hier.

Edith. Wir sind auch hier — —

Eva. Denken Sie nur, das Medium — ist in Schlaf
15 versunken.

Sarah. Wo? — wo? —

Edith. Dort. (Führen sie ängstlich hin.)

Sarah. Wahrhaftig.

Lothair. Ich werde ihn wecken!

20   **Sarah.** Nein — nein — (zieht Lothair fort) vielleicht erleben
wir etwas.

Edith (ängstlich). Erleben — was denn?

Sarah. Es ist vielleicht ein magnetischer Schlaf — das
Medium ist in Extase[2] — —

25   **Lothair.** Bewahre — bewahre.

Sarah. Das weiß ich besser — die Seele des Mediums
ist abwesend und holt die andern herbei.

Lothair. Ängstigen Sie doch die Damen nicht!

Sarah. So steht's im Buch — vorher machen sich die
30 Geister durch Klopftöne bemerklich.

Edith und **Eva.** Klopftöne?

Gibson (klopft dreimal an die Thür links. Edith und Eva standen dicht an der Thür und schrecken hinweg nach rechts).

Edith. Was war das? ⎫ (Zugleich, indem sich beide zu Lothair
Eva. Es klopfte! ⎭ flüchten.)

Lothair. Kommen Sie, meine Damen, (er geht mit beiden nach der zweiten Thür links) ich erkläre Ihnen — —

Sarah. Geht — geht — auch ich zittre — aber ich bin glücklich, daß ich diesen Augenblick erlebe. (Es klopft.) Die Klopftöne sind da — bald werden sich die Erscheinungen von dem Medium loslösen.[1]

Gibson (hat links die Thür geöffnet — und erscheint in einer roten Gardine, die er wie einen Mantel umgehängt hat). Mir meinen Rock fortzunehmen!

Sarah (steht mit dem Rücken gegen Gibson gewendet und betrachtet Robert). Jetzt ist der Moment da — er regt sich.

Gibson. Dort muß der Ausgang sein — (ist bis zu Sarah getappt und stößt an sie). O!

Sarah (dreht sich erschreckt um — schreit auf). Alle guten Geister — (tritt dabei zurück und faßt Robert an).

Gibson (läuft hinaus).

Robert (fährt erschreckt auf — sinkt wieder in den Stuhl). Gerechter Gott! (Alles sehr schnell hinter einander.)

(Der Vorhang fällt.)

Vierter Akt.

Großer Salon im Hause Marsland's. — Thüren in der Mitte, rechts und links. — Durch die offene Mittelthür sieht man in einen anderen Salon. — Links ein Pianino[1] — rechts ein Fenster. — Vornehme Einrichtung.

Erste Scene.

Marsland. Armadale.

5 **Marsland** (Schach spielend). Mein bester Herr — noch zwei Züge.[2]

Armadale. Und ich bin matt — ja — ich gebe mich geschlagen. (Hören auf zu spielen.)

Marsland. Sie spielten etwas zerstreut.

10 **Armadale.** Meine Gedanken waren nicht ganz bei der Sache — ich dachte an etwas — was ich mit Ihnen besprechen wollte.

Marsland. Mit mir?

Armadale. Mein sehr geehrter Herr Marsland, ich wohne 15 lange Jahre in Ihrer Nachbarschaft. — Sie kennen mich, meine Verhältnisse — mein Gut[3] — es ist im Stande.

Marsland (bei Seite). Alle Wetter — der will eine Hypothek haben.

Armadale. Ich bin eigentlich glücklich, aber — hat es 20 der Mensch gut,[4] will er es immer noch besser haben.

Marsland. Ah — so — Sie wollen bauen?

Armadale. Nein — mein Haus ist groß — aber ich fühle mich einsam.

Marsland. Ah — Sie wollen heiraten? —

Armadale. Ja —

Marsland (die Hand gebend). Gratuliere — das ist eine sehr vernünftige Idee.

Armadale. Freut mich, wenn sie Ihnen gefällt.

Marsland. Da rate ich ganz entschieden dazu. — Sie haben bereits gewählt? —

Armadale. Ja.

Marsland. Gratuliere. (Ihm die Hand schüttelnd.)

Armadale. Ich hoffe, daß gerade Sie mit der Wahl einverstanden sind.

Marsland. Verstehe — als Nachbar —

Armadale. Mehr als das — ich habe die schönste — die liebenswürdigste — die reich— (sich verbessernd) die reizendste Dame auserwählt.

Marsland. Sie machen mich neugierig.

Armadale. Mit einem Wort, machen Sie mich glücklich — schenken Sie mir die Hand Ihrer Tochter.

Marsland (erschreckt zurückfahrend). Edith? —

Armadale. Ja! — was sagen Sie?

Marsland (sich fassend). Ich gestehe — ich bin so überrascht —

Armadale. Wir sind ja ein paar vernünftige Männer.

Marsland. Jawohl.

Armadale. Lassen Sie uns die Sache schnell abmachen.

Marsland. Ja — so schnell wie irgend möglich — ich bin ein Mann von Grundsätzen — vor drei Jahren lasse ich meine Tochter nicht heiraten.

Armadale. Drei Jahre — so lange kann ich nicht warten.

Marsland (erfreut). Charmant[1] — da ist ja eigentlich die Sache erledigt.

Armadale. Sie werden doch mit sich reden lassen.[2]

Marsland. Nach drei Jahren sprechen wir weiter darüber.
— bis dahin — kein Wort.

Armadale. Aber Herr Marsland.

Marsland. Still — man kommt.

Zweite Scene.

Edith. Eva. Lothair. Harry. Vorige.

5 **Edith** (durch die Mitte). Lieber Papa — ich sollte hier Musikstunde haben — stören wir dich?

Marsland. Nein, nein — wir räumen das Feld — kommen Sie — lieber Armadale!

Armadale (zu Edith). Sie haben noch Unterricht, mein Fräu-
10 lein?

Edith. Ja — Papa wünscht es.

Armadale. Sind Sie in allen Dingen so folgsam?

Edith. Das ist ja eine Gewissensfrage.

Marsland (ihn am Rock ziehend). Kommen Sie — wir stören. (Zu
15 Harry.) Was machst du denn hier?

Harry. Wir wollen zuhören.

Marsland und Armadale ab durch die Mitte. Edith und Eva treten an das Piano,
öffnen dasselbe und suchen Noten¹ hervor. Harry und Lothair in der Mitte der
Bühne.

20 **Lothair.** Das wird eine merkwürdige Stunde werden —
Du weißt, ich kenne keine Note!

Harry. Um dich ist mir nicht mehr bange.²

Lothair. Vergiß nur nicht den unglücklichen Robert — ich
habe ihn gestern im Gartenhaus eingeschlossen — hier ist
25 der Schlüssel — er muß etwas zu essen bekommen. (Giebt ihm
den Schlüssel.)

Harry (den Schlüssel einsteckend). Jetzt habe ich Wichtigeres vor.

Lothair. Wo willst du denn hin?

Harry. Ich bleibe hier! —

Lothair. Hier — so? (Sieht, daß Edith sich gesetzt hat.) Pardon gnädiges Fräulein, ich komme — 5

Edith. Sie sollten uns eigentlich etwas vorspielen, Herr Robert!

Lothair. Ich bedaure unendlich — ich habe mir gestern die Hand etwas verletzt — beim Reiten.

Edith. Wie schade. 10

Eva (ist nach der rechten Seite an Harry getreten).

Lothair. Dann möchte ich auch hören, wie weit Sie sind — also — wenn ich bitten darf. (Setzt sich neben Edith.)

Edith. Was soll ich spielen?

Lothair. Bitte — ganz nach Belieben.[1] 15

Edith. Hier ist ein Lied ohne Worte.[2]

Lothair. Bitte — also — (Edith spielt, er schlägt den Takt) eins — zwei — drei.

Harry und Eva sind nach der rechten Seite gegangen, setzen sich dort nahe bei einander. 20

Harry. Ich liebe diese Lieder ohne Worte, man kann sich so viel dabei denken.

Eva. Edith spielt sie aber auch sehr gut.

Harry. Ach, Eva — Sie würden viel besser spielen. (Ihre Hand erfassend.) Ihre Hand ist wie geschaffen zum Klavier= 25 spielen.

Eva (ihm die Hand entziehend). Sie wollen mit mir spielen.[3]

Lothair. Wirklich merkwürdig —

Edith (hört auf zu spielen). Was? —

Lothair. Daß Sie mit der kleinen zarten Hand so aus= 30 drucksvoll spielen können (erfaßt ihre Hand).

Edith. Herr Robert — wir sind nicht allein (entzieht ihm die Hand).

Lothair (sich umsehend). Nein — leider —

Edith. Sie sehen sich wohl nach Eva um? —

5 **Lothair.** O, wie können Sie denken — Ihr Vetter (sieht, daß Eva und Harry hinziehen — absichtlich etwas schroff). Der Fingersatz¹ war nicht richtig, mein Fräulein, also bitte noch einmal — (Edith fängt wieder an zu spielen.)

Harry. Ich glaube, unser Sprechen stört das Spiel.

10 **Eva.** So wollen wir ruhig zuhören —

Harry. O nein — ich habe Ihnen so viel zu sagen, daß ich jetzt nicht schweigen kann.

Eva. Ich höre zu — sonst wird Edith böse.

Harry. Ach bitte, hören Sie doch lieber mich an, liebe 15 Eva (sucht sie zu umfassen).

Eva. O bitte — bitte —

Lothair. Der Accord war falsch! (Edith hört auf zu spielen — Harry und Eva fahren auseinander.)

Edith. Ja — Sie haben Recht — ich hörte sprechen.

20 **Lothair** (zu Harry gewendet). Das stört allerdings sehr beim Spielen — (zu Edith). Wir wollen eine Pause machen, bis wir ungestört sind.

Edith. Sehr streng sind Sie beim Unterricht nicht.

Lothair. Ich muß doch Rücksicht auf die zarten Finger 25 nehmen. (Küßt die Hand. Unterhalten sich leise weiter.)

Harry (Eva die Hand küssend). Glauben Sie mir doch endlich —

Eva. Ich weiß nicht, ob ich Vertrauen haben darf.

Harry. Ja, Eva — lassen Sie uns hinausgehen — hier kann man ja kein vernünftiges Wort reden — wir werden 30 gleich wieder Schelte bekommen —

Eva. Edith spielt ja gar nicht.

Harry. Ach so — wahrscheinlich giebt er theoretischen Unterricht — da sind wir auch überflüssig (geht weiter).

Lothair. Sie sind eine seltene Vereinigung von inneren und äußeren Vorzügen.[1]

Edith. Wenn das mein Vetter Harry sagte — —

Lothair. Ja — darf ich denn kein Herz haben?

Edith. Ich will doch lieber weiterspielen.

Lothair. Gut — (Edith spielt.)

Harry (aufstehend). Sie spielt — es ist wieder vorbei mit dem Sprechen.

Eva. Muß denn durchaus gesprochen werden? (aufgestanden).

Harry. Ja, liebe Eva — ich muß Ihnen sagen — daß Sie für mich die Schönste und Liebste auf der Welt sind. (Umarmt sie.)

Eva. Großer Gott. (Edith hört plötzlich auf zu spielen.)

Lothair. Dabei kann man keinen Unterricht geben.

Harry. Wir gehen schon — kommen Sie (giebt ihr den Arm).

Edith. Eva — bleib' doch —

Eva. Wir stören.

Edith. Bewahre.

Harry. Gewiß — es ist besser, wir gehen. (Beide ab durch die Mitte.)

Lothair. Gott sei Dank, wir sind endlich allein.

Edith. Ja — und nun noch einmal ohne Fehler. (fängt an zu spielen.)

Lothair (ihr die Hände aufhebend). O — lassen Sie das Spielen — sprechen Sie lieber mit mir.

Edith. Aber — die Musikstunde?

Lothair. Für mich ist jedes Wort, was Sie sprechen, Musik — o, wenn es mir doch gelänge, für das, was ich Ihnen zu sagen habe, einen Wiederhall in Ihrer Seele zu wecken —

Edith (steht auf). Sie ängstigen mich —

Lothair. Eine Stunde wie diese kehrt vielleicht nie wieder — es muß heraus — Edith — seit dem ersten Augenblick, als ich Sie sah, stehe ich in Ihrem Bann,¹ wozu soll ich
5 Umschreibungen und viele Worte machen — Edith — ich liebe Sie! —

Edith (erwärmt). Mein Gott, Sie sind unbesonnen! —

Lothair. Ja — ich weiß es — zürnen Sie mir, o — Sie schweigen, Edith! — (Will sie umarmen.)

10 **Edith** (ausweichend). Ich darf Sie nicht hören.

Lothair. Ich bin zu ungestüm gewesen, verzeihen Sie mir, ich will warten, will schweigen und nicht eher wieder von meiner Liebe reden, bis Sie mir die Erlaubnis dazu geben. — Keine Aufgabe, die Sie mir stellen, wird mir zu
15 hart sein, — — wenn ich dadurch ein Wort der Hoffnung von Ihnen gewinnen kann. — Mich hatte das Glück berauscht — ich wußte nicht, was ich sprach. — O, sagen Sie mir, daß Sie verziehen haben — ein Wort.

Edith (nach kurzem Kampf ihm abgewandt die Hand reichend). Ja — ich
20 verzeihe Ihnen!

Lothair. O, — Edith, — ich bin der glücklichste Mensch. (Umarmt sie — küßt leidenschaftlich ihre Hand.) Liebe — liebe Edith — (schnell ab durch die Mitte.)

Edith. Mein Gott — wach' ich — träum' ich — was habe
25 ich gethan! — Eine innere Stimme sagte mir, daß es so kommen würde, — ich hätte ihn nicht anhören dürfen — und doch — was er sagte, kam ihm aus der Seele — er sah so schön dabei aus — aber mein Papa — ich kann ihm nichts sagen — ich muß handeln! —

Dritte Scene.

Marsland. Edith.

Marsland. Nun — eure Stunde schon aus?

Edith. Ja, das Instrument ist verstimmt[1] und ich — war es auch. — Bist du in guter Laune, Papa? —

Marsland. O ja, — ich denke —

Edith. Das ist gut — ich habe eine große Bitte — wir 5
beide packen sofort unsere Koffer und reisen heut' noch nach
Italien. Ja, Papa?

Marsland. Aber Kind —

Edith. Ja — ja — frage nicht warum — weshalb —
verlaß' dich auf deine Edith — es muß sein — also die 10
Sache ist abgemacht. (Hält ihre Hand hin.)

Marsland. Edith — ich kann mir den Grund denken, es
hat dir jemand — Anträge gemacht — Dinge gesagt, die du
nicht hören magst —

Edith (bestimmt). Ja! — aber nun sage ich kein Wort 15
weiter —

Marsland (bei Seite). Armadale. (Laut.) Mein Kind — verlaß' dich auf mich — du bist jetzt in Erregung — es wird
sich alles ordnen lassen — ohne daß wir nach Italien
brauchen.[2] 20

Edith. Nein — nein — unmöglich, Papa —

Marsland. Wenn wir in Italien sind, verlangst du eines
Tages, daß wir nach Kairo[3] reisen, — dann nach New-
York, — schließlich machst du mich zum Weltumsegler.

Edith. Nein — ich verspreche, es soll nicht wieder vor- 25
kommen.

Marsland. Beruhige dich jetzt, und überlasse mir das
Weitere. Sei überzeugt — daß ich nur dein Glück im Auge
habe. —

Edith. Und ich das deine, Papa. (Küßt ihn).

Marsland. Du bist sehr gütig. (Edith ab durch die Mitte.) Ein gutes Kind — aber Italien — das muß sie sich aus dem Sinn schlagen,[1] — die ganze Sache ist nicht der Rede wert, 5 — sie wird Armadale nie nehmen, — aber ich kann mir denken, das arme Kind ist beunruhigt. — ich kann doch nicht immer bei ihr sein — Sarah ist auch zu sehr beschäftigt. (Sieht Lothair eintreten.) Der Bibliothekar —

Vierte Scene.

Lothair. Marsland.

Marsland. Sie kommen wie gerufen, Herr Robert —

10 **Lothair.** Auch ich suchte Sie — ich halte es für meine Pflicht, Ihnen eine Mitteilung zu machen, die meine Person — —

Marsland. Bitte, bitte — das ist Nebensache — jetzt handelt es sich um eine sehr wichtige Angelegenheit —

15 **Lothair.** Bitte —

Marsland. Sie sind ein verständiger junger Mann?

Lothair. Ich bin wirklich nicht alles, was ich scheine, — täuschen Sie sich nicht.

Marsland. Ich bin ein Praktikus[2] — wollen Sie gleich 20 einen längeren Kontrakt machen? —

Lothair. Bedaure sehr —

Marsland. Doppeltes Gehalt?

Lothair. Auch dafür nicht.

Marsland. Ich will Sie lebenslänglich anstellen.[3]

25 **Lothair.** Wie gern nähme ich es an — aber — es geht nicht.

Marsland. Sonderba. . Mensch — nun leisten Sie mir wenigstens jetzt einen Dienst. —

Lothair. Ich stehe zu Befehl.

Marsland. Gehen Sie auf der Stelle zu meiner Tochter, sagen Sie nicht, daß ich Sie schicke — bleiben Sie bei ihr 5 — weichen Sie nicht von ihrer Seite — ich will nämlich nicht, daß sie heute jemand unter vier Augen spricht — haben Sie wohl verstanden?

Lothair. Jawohl — aber —

Marsland. Aber eilen Sie — dort steht sie mit Arma- 10 dale im Garten — machen Sie, daß Sie zu ihr kommen.

Lothair. Ich werde ihr ungelegen kommen.

Marsland. Das vertrete[1] ich — nur fort. (Geleitet ihn bis zur Mitte — Lothair ab.)

Marsland. (Hände reibend.) Vorläufig kann ich ruhig sein — 15 und später wird sich ein Grund finden, daß Armadale bald abreist.

Fünfte Scene.

Marsland. Harry.

Harry (durch die Mitte). Lieber Onkel — ich habe dir eine wichtige Mitteilung zu machen.

Marsland. Nun?   20

Harry. Ich bin ein ganz anderer Mensch geworden — aber jetzt brauche ich notwendig drei hundert Pfund.

Marsland. Anderer Mensch — davon merke ich nichts — der frühere Mensch brauchte auch immer Geld.

Harry. Frage nicht warum — weshalb — ich kann dir 25 jetzt nicht mehr sagen.

Marsland (erstaunt). Der will mir auch nichts sagen. —

Harry. Meine Vergangenheit war dunkel — die Zukunft soll hell sein.

Marsland. Was soll das heißen, Harry? —

5 **Harry.** Was?

Marsland. Edith ist doch weder in deine Vergangenheit —

Harry. Noch in meine Zukunft verwickelt, nein — hier meine Hand darauf. (Giebt ihm die Hand.)

10 **Marsland.** Ich werde dir die drei hundert Pfund zahlen — mir fällt ein Stein vom Herzen. (Will links ab, begegnet Gibson.) Guten Morgen, Herr Gibson. (Sprechen leise weiter, bis Marsland links abgeht.)

Sechste Scene.

Gibson. Harry.

Harry. Gibson! der muß fort — das soll mein letzter 15 toller Streich sein. (Marsland links ab, Gibson tritt vor.) Was sehe ich — Sie sind noch hier? —

Gibson. Ja, warum denn nicht, Sie sind ja auch noch da. —

Harry. Den Mut hätte ich Ihnen nicht zugetraut. —

20 **Gibson.** Mut? —

Harry. Mein Gott — Sie scheinen gar nicht zu wissen, was Sie gestern alles gethan haben.

Gibson. Etwas viel gefrühstückt, weiter nichts.

Harry (bei Seite). Ich muß ihm ein paar ordentliche Bären 25 aufbinden.[1] — (Laut.) Haben Sie Miß Sarah schon gesprochen? —

Gibson. Nein! —

Harry. Sie erzählt aller Welt ihre bevorstehende Verlobung. —

Gibson. Mit wem? —

Harry. Mit Ihnen! ⁵

Gibson. Ich müßte¹ ja toll sein.

Harry. Sie haben ihr gestern die schönsten Dinge gesagt — haben sie umarmt, haben ihr die Ehe versprochen.

Gibson. Machen Sie keine Witze.

Harry. Vor Zeugen — ich gratuliere Ihnen. ¹⁰

Gibson (für sich). Davon weiß ich doch aber kein Wort, ich war allerdings etwas grau² —

Harry. Nein, dunkler — Sie waren blau — mein bester Herr Gibson; und die andere Affaire, ist die in Ordnung?

Gibson. Welche? ¹⁵

Harry. Mit dem alten Macdonald. —

Gibson. Hem?

Harry. Sie sprachen über Politik.

Gibson. Ist mir dunkel erinnerlich.³

Harry. Dann beleidigten Sie ihn — nannten ihn ein ²⁰ Kamel — er will sich mit Ihnen schießen.⁴ —

Gibson. Fällt mir nicht ein!⁵ —

Harry. Die Bibliothek haben Sie total⁶ demoliert. — Herr Marsland kommt auch über⁷ Sie — ich möchte nicht in Ihrer Haut⁸ stecken. (Bei Seite.) Jetzt wird er wohl genug ²⁵ haben. (Laut.) Guten Morgen, Herr Gibson! (Ab.)

Gibson. Das ist ja eine verdammte Geschichte. — Schießen — das ist ja Unsinn — aber vor Zeugen die Ehe versprochen, das ist der kitzlichste Punkt — so eine alte Schachtel⁹ läßt nicht locker — kommt mir nach, wenn ich auch ³⁰ durchbrenne; ¹⁰ — o weh — da ist sie schon! —

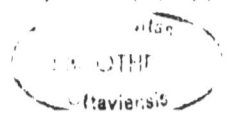

Siebente Scene.

Sarah. Gibson. John.

Sarah (von rechts mit John). Fragen Sie Herrn Marsland, ob
ihm das Menu¹ recht wäre.

John (nimmt einen Zettel, dann ab links). Sehr wohl! —

Sarah. Sie haben sich von dem gestrigen Sturz wieder
5 ganz erholt? —

Gibson (verlegen). Ganz — ja. —

Sarah. Ich habe wirklich mit großer Teilnahme Ihrer
gedacht. —

Gibson (bei Seite). Sie wird schon zärtlich.

10 **Sarah.** Es war ein stürmischer Tag.

Gibson. Ja, ich gestehe Ihnen ganz offen — ich war
vollständig betrunken.

Sarah. O nicht doch, — Sie scherzen, Herr Gibson.

Gibson. Nein, — ich muß es am besten wissen, Sie kön-
15 nen sich darauf verlassen.

Sarah. Nun — ich habe Ihnen nichts angemerkt, Sie
sprachen so vernünftig, waren so artig! —

Gibson. Das bin ich immer, wenn ich zuviel getrunken
habe.

20 **Sarah.** Eine vortreffliche Eigenschaft — ein Mann mit
'nem bösen Rausch² wäre mir entsetzlich. —

Gibson (bei Seite). Sie stichelt schon³ — (laut). Mein ver-
ehrtes Fräulein, — Sie sind ja noch in den besten Jahren,
— ich gestehe Ihnen auch, daß Ihr Äußeres noch sehr an-
25 ziehend ist. —

Sarch. Zu gütig! —

Gibson. Aber — das werden Sie selbst einsehen — daß
ich — — Sie nicht heiraten kann.

Sarah (erstaunt). Was? —

Gibson. Bitte, machen Sie keine Scene — seien Sie nicht entrüstet, heiraten -- kann ich Sie nicht.

Sarah. Aber, mein Herr!

Gibson. Es ist besser, man sagt das offen heraus, — als daß man süße Hoffnungen erweckt, — ich würde — Sie doch niemals lieben können!

Sarah. Das habe ich doch von Ihnen niemals verlangt —

Gibson. Ich widerrufe alles, was ich gesagt habe. (Sieht John von links eintreten.) Da ist ja ein Zeuge — hören Sie, mein Herr — ich erkläre ausdrücklich, daß ich jene Dame niemals heiraten werde —

Sarah (bei Seite). Der Mensch muß toll sein.

John (bei Seite). Oder betrunken. (Ab durch die Mitte.)

Gibson. Ich bin aber kein Unmensch — ich bin wohlhabend — was verlangen Sie Abstand?[1]

Sarah. Mein Herr — es ist genug!

Gibson. Ich habe Ihnen ja noch gar nichts geboten.

Sarah (heftig). Wenn Sie Scherze machen wollen, suchen Sie sich andere dazu aus — ich muß Ihnen sagen — ja — ich habe oft zum Himmel gebetet, — daß er mir einen Mann bescheren soll — aber so einen wie Sie — dafür müßte ich danken.[2]

Gibson. Gott sei Dank!

Sarah. Ich bin so alteriert — mir wird dunkel vor den Augen — ah — (sinkt um — Gibson fängt sie auf).

Gibson. Das fehlte noch — bitte — erholen Sie sich —

Achte Scene.

Macdonald. Vorige.

Macdonald (von links). Was ist denn das?

Gibson. So — so — Gott sei Dank —

Sarah (hat sich erholt). O — ich habe einen Freund hier im Hause — er soll Sie zur Rechenschaft ziehen. (Ab rechts.)

5 **Macdonald.** Sie haben doch nicht wieder gefrühstückt?

Gibson. O, nein!

Macdonald. Gestern — —

Gibson. Bitte, reden Sie kein Wort von gestern, ich wollte Sie soeben aufsuchen, Schießen ist ja Unsinn — ich
10 gebe jede Erklärung ab, die Sie wünschen.

Macdonald. Weshalb?

Gibson. Sie sind ein Kamel — das heißt, wollte ich sagen, ich habe Sie ein Kamel genannt.

Macdonald. Mich? — Wie? — Was? —

15 **Gibson.** Mit einem Wort — ich habe Sie beleidigt.

Macdonald. Nein — mein Herr — wenn Sie das gethan hätten — so lebten Sie heute nicht mehr —

Gibson. So — das ist mir lieb zu hören — aber habe ich Ihnen denn gar nichts gethan?

20 **Macdonald.** Nein. —

Gibson. Ich war doch gestern —

Macdonald. Sie haben sich zurückgezogen und sind den ganzen Tag nicht wieder zum Vorschein gekommen — das war sehr verständig, — heute scheint es mir aber sehr zweifel=
25 haft, ob Sie ganz zurechnungsfähig [1] sind. — (Ab durch die Mitte.)

Gibson. Das bin ich, — das bin ich! — o, jetzt verstehe ich, der junge Herr macht seine Späße mit mir, und ich blamiere mich. [2] — Jetzt ist aber meine Geduld zu Ende.

Die beiden Häscher sitzen noch im Wirtshaus — ich werde
mir erlauben, mit dem jungen Herrn auch einen Witz zu
machen. (Ab durch die Mitte.)

***

Neunte Scene.

Edith. Armadale. Lothair. (Edith tritt durch die Mitte ein, ein
Körbchen mit Blumen in der Hand tragend)

Armadale.   Darf ich Ihnen nicht helfen, mein Fräulein?

Edith.   Ich danke — es soll ein Bouquet für Papa's 5
Schreibtisch werden, das muß ich selbst machen. — (Setzt sich
und macht das Bouquet.)

Armadale (bei Seite). Der langweilige Mensch ist fort, jetzt
wäre die passende Gelegenheit. (Laut.) Wollen Sie mir nicht
eine Blume schenken? 10

Edith (ihm den Korb' hinhaltend). Bitte — sehr gern.

Armadale.   Den ganzen Korb — dafür danke ich, ich
wünschte eine Rose aus Ihrer Hand — (sieht Lothair kommen — bei
Seite). Da ist er schon wieder! —

Lothair (durch die Mitte). Gnädiges Fräulein — die gewünschten 15
Rosen, ich hoffe es sind die rechten —

Edith.   Danke. (Giebt ihm eine Rose.) Hier zur Belohnung.

Lothair.   Tausend Dank. (Küßt die Rose und steckt sie an, geht dann
nach rechts.)

Armadale (sieht Lothair nach — bei Seite). Er will hier bleiben. 20

Edith.   Nun, Sie unterhalten mich ja gar nicht.

Armadale.   Ich bewundere die Grazie, mit der Sie die
Blumen behandeln.

Edith.   Das macht Sie stumm?

Armadale.   O ich hätte Ihnen soviel zu sagen. (Mit einem 25

Blick auf Lothair.) Wenn der Mensch nur fortgehen wollte — können Sie ihn nicht fortschicken?

Edith. Er geniert ja gar nicht![1] —

Armadale (bei Seite). Da muß ich ihn fortbringen. (Zu Lothair.) 5 Sie haben wohl hier sehr wenig zu thun?

Lothair. Ich? — im Gegenteil — ich versichere Sie — ich bin den ganzen Tag beschäftigt. Wollen Sie sich vielleicht meine Bibliothek ansehen, steht Ihnen zu Diensten.

Armadale. Ich danke. (Zu Edith.) Mein Fräulein — ich 10 hatte heute eine lange Unterredung mit Ihrem Papa.

Edith. Gewiß über Ihre Calypso!

Armadale. Nein — über meine Zukunft.

Lothair (sich räuspernd). Hem — hem! —

Edith. Was hat denn Papa mit Ihrer Zukunft zu 15 schaffen?

Armadale. Mehr als Sie glauben.

Lothair (wie oben). Hem — hem! —

Armadale (zu Lothair). Sie haben einen bösen Husten! —

Lothair. Es ist mir nur etwas in die unrechte Kehle 20 gekommen.[2]

Armadale (zu Edith). Mein Fräulein, hätten S i e noch nicht an I h r e Zukunft gedacht? — Sie werden doch nicht ewig hier beim Papa bleiben.

Edith. Ich glaube, er behält mich noch ganz gern. —

25 **Armadale.** Aber es giebt andere — die Sie auch sehr gern hätten — zum Beispiel — — ich — — ich würde —

Lothair (ist aufgestanden, tritt dazwischen).

Edith. Nun, was würden Sie? —

Armadale (zieht Lothair bei Seite). Mein Herr, merken Sie denn 30 nicht, daß Sie hier ganz überflüssig sind?

Lothair. Einer von uns beiden jedenfalls.

Armadale. Was erlauben Sie sich — Sie sind frech — Herr Bibliothekar! —

Lothair (leise dicht an ihn herantretend). Wollen Sie das Wort zurücknehmen?

Armadale (zuckt die Achseln).

Lothair. Sind Sie feige? —

Armadale. Mein Herr! —

Lothair. Sie werden sich mit mir schlagen.

Armadale. Schlagen — ich werde Sie züchtigen. (Ab durch die Mitte.)

Lothair. Das wird sich finden! [1] —

Edith (die den Vorgang unruhig verfolgt hat, ist aufgestanden). Um Gotteswillen, was thun Sie?

Lothair. Seien Sie unbesorgt, Ihr Papa wird mir Recht geben —

Edith. Aber denken Sie denn nicht an mich?

Lothair. Wie glücklich machen Sie mich! (Umfaßt sie.)

Zehnte Scene.

Macdonald. Vorige.

Edith. Aber ich bin sehr unglücklich! (Macdonald räuspert sich — Edith macht sich schnell los — ab links.)

Macdonald (ist in der Mitte erschienen). Habe ich recht gesehen? Sie umarmten soeben Fräulein Edith.

Lothair. Ich — — — ich stützte sie — sie wollte in Ohnmacht fallen — man kann doch eine Dame nicht fallen lassen?

Macdonald (etwas mißtrauisch). Nein!

Lothair. Aber das ist jetzt Nebensache, Sie müssen mir beistehen — Herr Marsland hat gewiß — Pistolen — Degen — Säbel.

Macdonald. Halt, halt!

5 **Lothair.** Nein, ich werde mich schlagen. Sie müssen mein Sekundant sein.

Macdonald. Teufelskerl[1] — Sie wollen sich schlagen?

Lothair. Ja, mit Herrn Armadale.

Macdonald. Können Sie denn überhaupt fechten?

10 **Lothair.** Gewiß — ich — ich habe einen Onkel —

Macdonald. Der Fechtmeister ist!

Lothair. Ja.

Macdonald. Das konnte ich mir denken.[2]

Lothair. Ich verlasse mich auf Sie — besorgen Sie alles,
15 ich stehe jeden Augenblick zu Diensten. (Ab durch die Mitte.)

Macdonald. Ein prächtiger Kerl — da ist doch Leben d'rin — man muß ihm gut sein[3] — aber vorhin mit Edith — das geht doch zu weit.

Elfte Scene.

Marsland. Macdonald. Sarah, dann Lothair.

Marsland (von links, erregt). Ich weiß nicht mehr, wo mir
20 der Kopf steht — willst du auch etwas von mir?

Macdonald. Ja, ich bin dein alter Freund — ich will dir einen guten Rat geben. — Herr Robert, dein Bibliothekar —

Marsland. Ist ein ganz famoser Mensch.

25 **Macdonald.** Ja — aber weißt du — schicke ihn weg.

Marsland. Was?

Macdonald. Frage mich nicht, warum — weshalb — ich sage dir kein Wort weiter.

Marsland. Na, da hört doch alles auf![1]

Macdonald. Sei nur nicht so heftig, was giebt's denn?

Marsland. Meine Tochter will nach Italien reisen — 5 sagt mir nicht, weshalb — mein Neffe will Geld haben, sagt mir nicht, wozu — eben erzählt mir John, die alte Sarah hätte einen Menschen hier im Hause versteckt, sagt mir nicht, wo — Mr. Gibson ist fort — sagte mir nicht, wohin — na, ist denn das noch nicht genug? 10

Macdonald (bei Seite). Alle Wetter,[2] der Versteckte ist ja mein Neffe!

Marsland. In meinem Hause ging alles immer ordent- lich her und jetzt — diese Konfusion — aber ich schaffe Ord- nung — verlaß dich darauf. (Sarah kommt von links mit einem Korbe, 15 in dem Eßwaaren sind.) Miß Sarah, wo wollen Sie hin?

Sarah. Ich? In den Garten — spazieren.

Marsland. Was haben Sie denn da?

Sarah. O — nichts! (Verlegen.)

Marsland. Nichts? — 's ist ja ein ganzer Korb — 20

Sarah (verlegen). Ich wollte Rosen anbinden.

Marsland (öffnet den Korb, nimmt eine Wurst[3] heraus). Eine Wurst? — Damit wollen Sie Rosen anbinden? — Also es ist doch wahr — wo steckt er?

Sarah. Ach, Du lieber Gott — Herr Marsland. 25

Marsland. Für wen soll das?

Sarah. Ach — Herr Marsland — für's Medium.

Marsland. Was — in meinem Hause ein Medium — sind Sie bei Sinnen?[4] —

Sarah. Es ist erst seit gestern da — aber hat bis jetzt 30 noch nichts zu essen bekommen.

Marsland. Schaffen Sie mir das Subjekt[1] her — sehen will ich's!

Macdonald. Ach, laß doch!

Marsland. Auf der Stelle.

5 **Sarah.** Ach, Du lieber Gott[2] — ich werde es holen. (Ab durch die Mitte.)

Marsland. Was sagst du dazu?

Macdonald. Mir stehen alle Haare zu Berge.[3]

Marsland. Werde mir doch für das Medium mein Stöck= 10 chen holen. (Ab nach links.)

Macdonald. Himmel — Wetter, das ist sicher mein Neffe, was fange ich an, ob er nicht noch fortzuschaffen ist?

Lothair (durch die Mitte). Nun, verehrter Herr, alles in Ord= nung?

15 **Macdonald.** Im Gegenteil — alles entdeckt.

Lothair. Was? —

Macdonald. Daß mein Neffe hier versteckt ist.

Lothair. Wenn's nur das ist? —

Macdonald. Er wird hierher geholt —

20 **Lothair.** Da bin ich auch noch da!

Macdonald. Sie haben eine Zuversicht, als hätten Sie einen Onkel, der Zauberer wäre.

Lothair. In petto[4] habe ich allerdings noch einen Onkel — und zwar den besten.

Zwölfte Scene.

Knox. Macdonald. Lothair. Vorige.

Knox (durch die Mitte, zugeknöpft, ohne Abzeichen des Exekutors) **Ent-**
schuldigen Sie —

Macdonald. Was wünschen Sie?

Knox (leise). Ich suche Herrn Macdonald.

Lothair (bei Seite). O weh — der Exekutor! —   5

Macdonald. Macdonald — das bin ich! —

Knox (leise). Haben Sie die Güte, mir zu folgen.

Macdonald (auch leise — komisch). Wohin?

Knox. In's Schuldgefängnis.

Macdonald (laut). Was? Sind Sie des Teufels?[1]   10

Knox. Gerne geht niemand mit mir, kommen Sie und —

Lothair (zu Knox). Mein Herr, es ist ein Irrtum — Sie
suchen Herrn Macdonald —

Macdonald. Das bin ich. — Keine falsche Großmut —
das ist Herr Robert — Bibliothekar hier im Hause.   15

Lothair. Ich versichere Sie — ich bin Macdonald. (zu
Macdonald.) Sie können sich doch nicht abführen lassen —

Macdonald (lachend). Warum denn nicht — das macht mir
Spaß! —

Knox. Wen nehme ich also mit? —   20

Lothair. Mich!

Macdonald. Nein, mich!

Knox (schüttelt den Kopf). Der Fall[2] ist doch noch nicht dagewesen.

Macdonald. Ich gehe mit — einen besseren Beweis kann   25
ich Ihnen nicht liefern. —

Knox. Na, denn vorwärts!

Lothair. Das geht ja nicht — das geht ja nicht.

Macdonald. Das ist einmal eine Abwechselung — adieu, lieber Freund — vorwärts!

Knox. Bitte — ich folge. (Läßt Macdonald den Vortritt.)

Macdonald. Wie Sie wünschen. (Knox und Macdonald ab.)

5 **Lothair.** Jetzt muß die Bombe platzen — wem entdecke ich mich zuerst — Marsland? — Edith? — dem Onkel? — Wer mir zuerst in den Weg kommt. (Ab durch die Mitte.)

Dreizehnte Scene.

Eva. Harry (durch die Mitte). Dann Griff.

Harry. Ich hätte nie gedacht — daß mich ein Tag so verändern könnte — Eva — bist du denn auch ein wenig 10 glücklich?

Eva. O, mir ist zu mute — als wäre immerfort Sonntag!

Harry. Ich hoffe — daß es immer so bleiben soll. (Will sie umarmen.)

Eva (ausweichend). Wenn ich nur wüßte, was Edith dazu 15 sagen wird.

Harry. Das geht uns ja gar nichts an[1] — wir brauchen keines Menschen Zustimmung. (Etwas kleinlaut.) Ja doch — meines Onkels —

Eva. Sehen Sie — an Ihrer Stelle wäre ich nicht 20 leichtsinnig gewesen!

Harry. Sonderbar — liebe Eva — ich nenne Sie immer „du" — und du nennst mich immer „Sie"!

Eva. Das werden wir uns beide abgewöhnen müssen.[2]

Harry. Meine liebe Eva! (Umfaßt sie.)

25 **Eva** (ausweichend). Wenn Miß Sarah sähe, daß ich einem jungen Mann erlaube mich zu umarmen!

Harry (komisch vorwurfsvoll). Du erlaubst es ja gar nicht!

Eva. Weil ich es noch nicht darf.

Harry. Du hast ganz Recht, sprechen wir lieber ver=
nünftig — bis jetzt habe ich das Leben auf die leichte
Achsel[1] genommen, für wen sollte ich denn arbeiten — jetzt 5
habe ich dich — da ändert sich alles, ich werde fleißig sein
— werde mir eine Stellung erwerben und dann —

Eva. Dann holst du mich! —

Harry. Dann wirst du mein liebes Weib — Vormittag
arbeite ich —   10

Eva (ihn umfassend). Nachmittags gehen wir spazieren.

Harry. Und ich darf dich küssen soviel wie ich will.

Eva (versunken). Ja. —

Harry. (Umarmt und küßt sie.)

Griff. (Ist im Hintergrunde während der letzten Scene schon sichtbar geworden 15
und ihnen nachgegangen, berührt Harry.) Mein Herr!

Harry (erschreckend). Was wollen Sie? —

Griff (leise). Machen Sie keine Umstände, folgen Sie mir. —

Eva. Was will der Mensch? —

Harry. Geschäfte — (zu Griff) ich werde das Geld holen — 20
warten Sie hier. —

Griff. Das[2] kennen wir — (hält ihn am Rock fest) machen Sie
kein Aufsehen und kommen Sie mit.

Harry (leise). Gut — gut — ich komme.

Griff. Bitte — vorwärts.   25

Eva (ängstlich). Wohin gehen Sie? —

Harry. Ich weiß es wirklich selbst nicht, aber ich ver=
sichere Sie, ich komme sehr bald wieder.

(Harry und Griff durch die Mitte ab.)

Vierzehnte Scene.

Edith. Eva.

Edith. Ich suche dich, Eva — ich muß jemand haben,
dem ich mich anvertrauen kann.

Eva. Was ist dir? —

Edith. Denke dir — ich habe heute früh Papa gebeten,
5 mit mir nach Italien zu reisen.

Eva (erschreckt). Ich soll doch nicht mit? —

Edith. Natürlich.

Eva. Das geht nicht — auf keinen Fall.

Edith. Ich habe es mir überlegt, ich will ja auch nicht
10 — aber das Schlimmste ist, reisen wir — bin ich unglücklich
— bleiben wir — bin ich es auch — (weinend) ich bin auf alle
Fälle — sehr unglücklich.

Eva. Ach Edith — weine nur nicht — mir ist das Herz
auch schwer — ich muß dir etwas gestehen — aber ich sehe
15 es kommen — du bist böse[1] — entziehst mir deine Freund=
schaft — (weinend) ich bin auch unglücklich! —

Edith. Ich habe es nie glauben wollen — die Liebe
macht Schmerzen. (Weint.)

Eva. Ach ja! — (umarmen sich weinend). Die Liebe!

Fünfzehnte Scene.

Marsland. Vorige. Dann Sarah und John.

20 **Marsland** (von links, einen offenen Brief in der Hand). Mir steht der
Verstand still[2] — (sieht die beiden Mädchen.) Nun? — Was habt
ihr denn? —

Edith (die Augen trocknend). Nichts, Papa.

Marsland. Nichts — ist mir lieb[1] — darüber weinen die Weiber am meisten — wo ist der Bibliothekar?

Edith. Was soll er denn? —

Marsland. Schickt mir soeben einen Brief, vollständig unverständlich — hört nur: (liest) Geehrter Herr — ich bitte um meine Entlassung! —

Edith (bei Seite). Das begreife ich. —

Marsland. Hört den Grund. (lesend.) Ich habe geglaubt, daß mir eine andere Behandlung in Ihrem Hause zu teil werden[2] würde — Essen und Trinken ist nicht die Haupt= sache — aber von nichts kann der Mensch nicht leben — Hochachtungsvoll — ergebenst Robert — Bibliothekar! —

Edith. Wohl nicht möglich!? —

Marsland. Da —— (zeigt den Brief) siehe selbst!

Edith und **Eva** (lesend staunend). Wahrhaftig!

Marsland. Ich habe den Menschen für so verständig ge= halten.

Edith. Das ist er auch —

Sarah (tritt durch die Mitte ein).

Marsland. Die habe ich zwar auch für verständig ge= halten — (zu Sarah). Wo ist das Subjekt? —

Sarah. Kommt gleich nach! —

Marsland. Der soll an mich denken[3] — aber wissen will ich — wer hat den Menschen in's Haus gebracht. (kleine Pause). Nun?

Sarah. Der Bibliothekar! —

Marsland. Immer besser.

Edith. Aber Miß —

Sarah. Es ist doch wahr! —

John (durch die Mitte). Gnädiger Herr!

Marsland. Was giebt's? —

John. Herr Armadale fährt soeben ab — hat sich ge=
schlagen — Stich in den Arm.

Marsland. Geschlagen — mit wem? —

John. Mit dem Bibliothekar! —

5 **Marsland.** Stellt denn der Mensch mein ganzes Haus
auf den Kopf¹ — wo ist er? —

Lothair (ist durch die Mitte eingetreten). Hier! —

Marsland (heftig). Sie können Ihre Sachen packen — Ihre
Entlassung ist Ihnen bewilligt!

10 **Lothair.** Herr Marsland!

Marsland. Ich habe sie doch immer essen sehen — was
soll der Brief?²

Lothair. Ich weiß nicht, wo ich mit der Erklärung anfangen
soll.

15 **Marsland.** Brauche gar keine.

Lothair. Nun denn eine Bitte — geben Sie mir die
Hand Ihrer Tochter.

Marsland. Sie haben wohl den Verstand verloren?

Lothair. Nein — im Gegenteil — erlauben Sie, — daß
20 ich Ihnen erkläre —

Marsland. Kein Wort will ich weiter hören.

Lothair (sieht Edith an). Mein Gott — Edith beruhigen Sie
sich. (Sieht Macdonald eintreten.) Da ist mein Retter!

Sechzehnte Scene.

Macdonald. Harry. Gibson. Robert. Vorige.

Macdonald (lachend). Alter Freund — weißt du, wer Gibson
25 ist? — Ein Gläubiger deines Neffen — ich habe ihm soeben
dreihundert Pfund gegeben! —

Marsland. Dieser Schlingel. —

Macdonald (lachend). Die Geschichte ist famos!

Lothair. Sie sind bei Laune,¹ helfen Sie mir auch —

Macdonald. Haben Sie auch Schulden? —

Lothair. Ja — aber ich habe einen Onkel — ich sage 5
Ihnen — es ist der prächtigste alte Herr — der existiert —

Macdonald. Ach — Ihre Onkels!²

Lothair. Er gefällt Ihnen auch — er hilft mir.

Macdonald. Wo finden wir den Kerl? —

Lothair. Er wird gleich zum Vorschein kommen — denken 10
Sie sich — er hat nämlich die fixe Idee — daß jeder junge
Mann toben muß —

Macdonald. Was? —

Lothair. Ich habe gar keine Anlage³ dazu, schließlich —
geht alles, wenn man sich Mühe giebt — 15

Macdonald. Weiter! —

Lothair. Zuletzt habe ich den Onkel statt meiner verhaften lassen, mehr — kann er von seinem Neffen nicht verlangen.

Macdonald. Versteh' ich recht? — 20

Lothair. Sie sind der Onkel — der Neffe — Lothair
Macdonald — bin ich —

Macdonald. Junge — ist das wahr — eine größere Freude
hättest du mir nicht machen können — lieber Herzenskerl⁴
— so habe ich mir meinen Neffen immer gewünscht — 25

Edith (ist zu ihrem Vater getreten). Hast du gehört, Papa? —

Lothair. Herr Marsland — Sie haben mir eine lebens-
längliche Anstellung⁵ angeboten — jetzt acceptiere ich.

Macdonald. Einen besseren Schwiegersohn kannst du nicht
kriegen⁶ — wahrhaftig — gieb deinen Segen! — (Sprechen leise 30
weiter.)

Sarah. Den Mann habe ich umarmt,[1] o, das Decorum!

Harry (durch die Mitte, auf Eva zu). Jetzt ist alles in Ordnung — jetzt gehöre ich nur dir.

Marsland. Heiraten — da sieh Eva, die ist viel ver=
5 nünftiger! (Dreht sich zu Eva um, die auf der rechten Seite der Bühne steht und von Harry umarmt wird.)

Harry. Ja, Onkel — die ist so vernünftig und nimmt mich! —

Marsland. Na — denn meinetwegen![2] —

10 **Edith** und **Lothair** (umarmen sich).

Macdonald (zu Gibson, der mit Harry eingetreten). Was wollen Sie denn noch?

Gibson. Muß mich doch den Herrschaften empfehlen — hier meine Adresse. (Giebt Macdonald eine Adreßkarte, verteilt dann seine
15 Karten.)[3]

Macdonald (die Adreßkarte lesend). Gibson — Schneider! Haha — nun, den Anzug zur Hochzeit lasse ich bei Ihnen machen.

Gibson. Da werden Sie mal sehen, wie ein Frack sitzt, den ein Gentleman gemacht hat.

20 **Marsland.** Einen Schwiegersohn hätte[4] ich, nun aber — wo ist der Bibliothekar?

Sarah (hat Robert an der Hand, der vorher eingetreten ist, in dem Anzuge wie im ersten Akt, mit Schirm und Gummischuhen). Hier ist der rechte Robert. (Umarmt ihn.)

25 **Marsland.** Miß Sarah.

Sarah. Nur mütterlich! —

Gibson. Ihnen mache ich auch einen Anzug — auf Ab=
zahlung.[5]

(Der Vorhang fällt.)

NOTES.

NOTES.

ACT I. SCENE 1.

Page 3. — 1. **Garçon-Einrichtung,** *Bachelor's quarters.* **Garçon,** French.

2. **Komfort,** English, but implying a certain luxury because the Germans recognize the English standard in this regard as higher than their own. Cp. p. 54, line 2.

3. **rechts und links,** always as seen from the spectator.

4. **Marotte,** *notion.* French.

5. **solide,** *prudently.* French. So also **fixe Idee,** *fixed idea.*

6. **austoben,** *sow my wild oats,* "have my fling."

7. **ich.** Spacing between German letters is equivalent to italics.

8. **abgeht,** *is lacking.* But it is better in translating to change to the personal: "Who lacks, etc." **Rechnungen,** i.e. *debts.*

9. **zu Stande gebracht,** *achieved.*

10. **eisernen Kopf,** i.e. *stubborn character.*

11. **sitzen,** i.e. unprovided for.

12. **rede ihm ins Gewissen,** *remonstrate with him,* lit. "talk to his conscience."

Page 4. — 1. **Es ist gut,** *All right.*

2. **Paket,** *file of papers,* here. French.

3. **Das sind alles.** For the singular pronoun see any grammar. *These are all;* **alle** would be "all the."

4. **kläffenden Meute,** *yelping pack* of rival creditors.

5. **Halali,** *halloa-hoo,* the call of the hunter who has brought the game to bay. **Schuldgefängnis.** Imprisonment for debt ceased in England in 1861. (See Encyc. Brit. iii. 342 sq.) The novels of Dickens and Thackeray had made Germans associate it with English life even as late as 1878.

119

Page 5. — 1. **gebiete deinen Thränen.** Mock sentiment. The words are those of Hector to Andromache in Schiller's "Hektor's Abschied" (line 7), one of that author's most youthful productions.

2. **Es geht schon los,** *It* (i.e. the **Hetzjagd**) *is already beginning.*

ACT I. SCENE 2.

3. **übertrieben modern,** *in ultra fashionable style.*

4. **Portier.** The doorkeeper, French *concierge*, is usually found on the continent in city houses, but would be rare in London.

5. **was?** *don't you think so?* **Hier fitt's,** *Brains here, you know!* Familiar.

Page 6. — 1. **Quäter,** *Quaker,* because these are supposed to manifest their religious emotion by sighs. Their German counterparts are the Herrnhuter and Mennonites.

2. **Meine Beste,** *My good woman.* Familiar.

3. **groß,** *with surprise.*

4. **Krapüle,** French *crapule*, properly "low life," "debauchery," but here with affectation for *common life, worldly things.*

5. **Spleen** (English) is a constant attribute of Englishmen in continental literature, where it describes a certain moody indifference affected by English travelers to the social gayeties and activities around them.

6. **Gentleman.** The Germans use this English word, having no good equivalent for it.

7. **Trägt,** etc. The construction, as often in Gibson's speeches, is elliptical. This is part of his dandified affectation. Translate: *Nobody is wearing this style yet. I am bringing it into fashion. That belongs to the higher life, doesn't it?*

8. **Ex — qui — si —,** **Exquisiten** would be "dandified," but he wants to say "aristocratic," "exclusive."

ACT I. SCENE 3.

Page 7. — 1. **bei Kasse,** *in funds.*

2. **Klub.** Then, as now, the centres for polite gambling, especially in France and Germany.

Page 8. — 1. **Feuer,** i.e. a lighted *match.*

2. Lebensart, *courtesy, good breeding.* **empfänglich,** "appreciative," but, to keep the pun in his next speech, *receptive.*

3. so hübsch, *pleasant as.* **4. ich denke,** *I should think I had.*

5. wäre abgeschlagen, i.e. *seems to have been turned aside,* been warded off.

ACT I. SCENE 4.

Page 9. — 1. **platze,** *am bursting.* Colloquial and rather vulgar.

2. einstecken, *be imprisoned.* Colloquial.

Page 10. — 1. **es,** i.e. my prospects.

2. nehme . . . wahr, *will watch for* or *seize upon.*

3. sitze, i.e. *am imprisoned.* Familiar.

4. Cour schneiden, *go courting.* Familiar.

5. Soll das getobt sein? i.e. *Do you call that being wild?*

6. vier Pfählen, "four corner-posts," i.e. *house,* as we say "within your four walls." The term is of legal origin. **dazu,** i.e. **zu toben.**

ACT I. SCENE 5.

Page 11. — 1. **küsterhaft,** *semi-clerically, like a sacristan.*

2. eilig zu haben, *to be in haste.*

Page 12. — 1. **wird.** German public notices avoid the direct imperative. We should say "Beware of pickpockets."

2. Museum, the noted British Museum.

3. mir wohl . . . ansehen, *have noticed that I probably was a stranger.* **4. dankte,** *declined.* **5. umsonst.** Note the pun.

Page 13. — 1. **besser . . . unterkommen,** *be better provided for.*

2. aufgehoben, *cared for.*

3. Kragen, *clerical bands.*

4. etwas, probably that the private secretary was mistaken for a guest.

Page 14. — 1. **Écarté,** French *écarté,* a game of cards. **wer,** *to see who,* etc. **Spiel,** *pack.*

2. hebst ab, *cut* before dealing the cards.

ACT I. SCENE 6.

3. angeheitert, *jolly,* lively with wine but not intoxicated.

4. Marque le roi, *I declare the king.* Term of the game.

5. famos, *wouldn't it be fine!* **6. hab's ja,** *can afford it, you know.*

Page 15. — **1. Feuer gemacht,** struck a match. Cp. page 8, note 1.

2. Je propose, *I propose.* Term of the game. So also **proponieren,** below. **3. in die Karten,** *in his hand.* **doch,** i.e. with such a hand.

4. Pech, *bad luck* here, below "poor clothes."

5. spielen . . . los, *play it out,* "*go for him.*" Familiar.

6. Schluß, *fire away.* Slang. **Buben,** *knave* at cards.

7. stark, *pretty steep.* Colloquial. **fällt Ihnen ein?** *are you thinking about?*

8. spiele, *bet,* here. **werft mich raus,** *throw me out,* because I can't pay my bet. **Moneten,** slang for *coin, cash.*

Page 16. — **1. schwache Seite,** *weak point.* In the next speech Harry plays on the double meaning of "weak."

2. es wird sich finden, *I'll get even with you.* **unterdrücken,** i.e. not act the gentleman but prosecute you for debt.

ACT I. SCENE 7.

3. Trip, having been refused payment by the maker of the note, now presents it to the endorser as a preliminary to taking legal proceedings against Harry.

Page 17. — **1. besorgen,** *will attend to.* **auf die Bahn,** *to the railroad station.* Cp. **Bahnhof, Eisenbahn.**

2. Verwickelungen, *entanglements,* to keep the play on **wickle . . heraus,** *disentangle,* below.

ACT I. SCENE 8.

Page 18. — **1. hier,** pointing to her forehead. Cp. p. 23, l. 20.

2. Umstände, *trouble* here.

3. fragen hätte . . . doch können, *might at least have asked.*

ACT I. SCENE 9.

Page 19. — 1. **Zu dienen,** *At your service,* may precede any remark of a social inferior to his superior.

2. **du meine Güte!** Favorite exclamation of the lower middle class. Translate: *My goodness.*

3. **Immer,** etc., *Say it right out.*

4. **Behüte,** *God forbid.* So also **Bewahre,** page 20, line 1.

5. **richtig,** i.e. *in his right mind.* Allusion to page 18, line 1.

6. **Patience gelegt,** *played a game of solitaire.*

Page 20. — 1. **Kamel,** *milk-sop.* Student slang. Cp. page 99, line 21, "blockhead."

2. **müßte,** *should be* (if I did).

3. **Schlafmütze,** *sleepy-head, lazy lubber.* Slang.

4. **Toben.** She takes it in the sense of "raving."

5. **knabenhafte weiche Fell,** paraphrase by "*woolly lamb-skin.*"

6. **Heulerei,** *wailing.* **alte Schraube,** *old woman.* Contemptuous. So also **alte Schachtel,** *ancient female,* "*old baggage,*" page 21, line 9, and page 99, line 28.

Page 21. — 1. **Zum Henker,** paraphrase by: *Hang it all!* Cp. page 23, line 17, and page 52, line 10.

2. **schlimm,** *dangerously insane.*

3. **bis daher,** with a gesture, *up to his ears.* **na warte,** *you just wait.* Threateningly.

ACT I. SCENE 10.

4. **Setzen.** Infinitive of curt command. with omitted reflexive.

5. **wundern,** i.e. to find him there in place of Lothair.

Page 22. — 1. **wie ein Schatten,** i.e. noiselessly.

2. **Ob,** *I wonder whether.* **bei Kasse,** cp. page 7, note 1.

ACT I. SCENE 11.

Page 23. — 1. **einen Narren an . . . gefressen,** *taken a foolish liking to.* **Henker,** paraphrase *the deuce.* Cp. page 21, note 1, and page 52, note 2.

ACT I. SCENE 12.

Page 24. — 1. **Maske,** *face,* theatrical "make-up."
2. **er möchte sich,** i.e. *they said he was to.*
3. **rissen . . . aus,** *dodged.*

Page 25. — 1. **Daß,** i.e. *It's curious that,* etc.

ACT I. SCENE 13.

2. **Nur herein,** *Come in, please,* or *Just come in.*

3. **Exekutorstracht,** *sheriff's* or *constable's dress.* The **Stab** is his sign of office.

ACT II. SCENE 1.

Page 27. — 1. **Gute,** *estate.* 2. **schickt sich nicht,** *is improper.*

ACT II. SCENE 2.

Page 28. — 1. **behäbiger.** The typical John Bull.
2. **Folgen . . . nicht?** *Are . . . disobedient?*
3. **Steh'n . . . auf,** *Leave the dinner-table in good season,* alluding to the general European custom by which the women retire to the drawing-room while the men sit at table for a time over their wine.
4. **schon meinethalben,** *even on my account* I should do so.
5. **Courmacherei,** *flirting.*
6. **musizieren,** *practice their music.* The secretary, being out of their social sphere, is thought safe company.
7. **Zweiflern,** *skeptics* (in regard to spiritism).
8. **mir vom Leibe,** simply *out of my way.* **Zeug,** *stuff.* Colloquial in this sense.

Page 29. — 1. **fehlte mir grade noch,** *would be the last straw,* "more than I could endure," or the like. **grade** for **gerade** represents the colloquial pronunciation, and is often used in this play.

ACT II. SCENE 3.

2. **Kapitel,** *subject.*
3. **Allotria,** *nonsense, fooling.* From the Greek.

4. nur . . . angeftedt, *played only two or three tricks on him.*

5. unterbleibt, *is to stop.* **Verftanden?** i.e. Do you fully under-stand?

Page 30. — 1. **meiner Seel',** *as I live,* or any mild exclamation of surprise.

2. **fiebenten Himmel.** Why the *seventh heaven* should be regarded as the summit of bliss is not clear. In mediæval theology there are nine heavens between the empyrean and the earth. Of these the heaven of Saturn, or of celestial contemplation, is the seventh, according to Dante, Paradiso, Canto 21.

Page 31. — 1. **alte Schule,** *the old-fashioned style.*

2. **Skalpe,** *scalps,* worn as signs of triumph by Indian chiefs. **Medaillons,** *lockets.* French.

Page 32. — 1. **pikante Erscheinung,** *fascinating little object.* **pi-kant,** French, *piquant.*

2. **ift blafiert,** *has lost his ingenuous youth,* has become *blasé.*

3. **eins . . . ausmachen,** *agree on one thing.*

ACT II. SCENE 4.

Page 33. — 1. **Mädel,** more familiar than **Mädchen.** The diminu-tive termination *l* and *lein* are more in use in South Germany and Austria, *chen* or *lein* in North and Low Germany.

2. **flügge,** *fledged,* i.e. ready to marry.

3. **geht ihr . . . ab,** *does she miss,* by deferring marriage.

Page 34. — 1. **chinefifche Mauer,** *Chinese wall.* For the allusion see Encyc. Brit. v. 638.

2. **Philifter,** *common, vulgar fellow.* Originally this word belonged to student slang and it still distinguishes tradespeople and the middle class generally, who are judged to be devoted to the material side of life, from university bred men who judge themselves devoted to higher ideals. In an allied sense "Philistia" and "Philistine" were imported into the English vocabulary by Matthew Arnold. **Cretin,** *natural idiot, half-witted fool.* From French *crétin,* which, in its turn, is from the German **Kreidling.**

3. **Duckmäufer,** "*softy*" or *noodle* here.

ACT II. SCENE 5.

4. bich unterbringen, *get you settled,* show you your room.

ACT II. SCENE 6.

Page 35. — 1. fchilberte. See page 31, lines 20, sqq.

Page 36. — 1. in ben Sumpf gelockt, "led into a bog," but also "tricked," *left in the lurch.*"

Page 37. — 1. Prinzipals, *employer.*
2. Effekten, *"things.*" French.

ACT II. SCENE 7.

Page 38. — 1. bunteln . . . nach, *grow darker with age.*
2. foll, here, as often, *is said to.*

Page 39. — 1. laffen Sie . . . nicht . . . gefallen, *don't you put up with.*
2. Leibgericht, special delicacy, *favorite dish.*
3. hier, i.e. on my breast.

ACT II. SCENE 8.

Page 40. — 1. mir . . . zufammen, simply: *it makes my mouth water.*
2. Sorte, *kind,* i.e. of half servants. **Umftände,** cp. page 18, note 2.
3. weiter, *keep on waiting.* Intentionally discourteous.

ACT II. SCENE 9.

Page 41. — 1. Nabja, name of a mare. **befchlagen,** *shod.*
2. fo etwas von, *such a creature for.*
3. abhalten, *go through* a few hours' teaching.

Page 42. — 1. barnach, i.e. as though he would "arouse their interest." Ironical.

2. Mouchérons, misspelled for the French *mousserons,* a kind of *mushroom.* In missing their odor Lothair showed himself an epicure, which naturally surprised Marsland in a person of the social station that he attributed to his secretary. So, too, the words that Lothair uses later,

aromatiſchen, piſanten, Weihe (*delicious flavor*, properly "consecration, dedication "), do not belong to his rôle.

3. **culinariſchen,** *epicurean*, "culinary."

4. **verſchnappt,** *caught.* **Eher,** i.e. till I've seen the horses.

5. **nichts,** *of no interest.*

ACT II. SCENE 11.

Page 44. — 1. **eigner,** *peculiar, odd,* here.

2. **Das.** The neuter for the masculine is either contemptuous as here or very familiar. Cp. the French use of *ça.*

3. **Croquet.** In 1878 Croquet took much the place that Lawn Tennis does now.

ACT II. SCENE 12.

Page 46. — 1. **Ponnys,** *ponies.* English words for all matters of horsemanship are common on the continent.

ACT II. SCENE 13.

Page 47. — 1. **fein,** *shrewd,* here. **ob nur,** *I only wonder whether.* Cp. page 22, note 2. 2. **genaue,** *close* or *intimate,* here.

3. **geholt,** past participle as optative, *let me get.*

ACT II. SCENE 14.

Page 48. — 1. **Ich wäre,** i.e. *Say that I am.*

Page 49. — 1. **gut ſind,** *are "nice."* With the dative, "fond of."

ACT II. SCENE 15.

2. **Feuer gefangen,** *to have taken fire,* i.e. to have fallen in love. Translate " You *have* caught it quickly."

ACT II. SCENE 16.

Page 50. — 1. **mitgefangen, mitgehangen.** A proverb signifying that those who associate with evil doers will suffer with them. In its full form it reads: **Mitgegangen, mitgefangen, mitgehangen.**

Page 51. — 1. Eine Liebe, etc. Proverb. *One good turn deserves another.*

2. unheimlichen, *uncanny.* The word, applied to the bailiffs, has a little comic flavor.

3. coulant, French *coulant, obliging.* Commercial.

4. etwas auszusetzen, *any objections to make.*

Page 52. — 1. Habe ich nicht gemacht, *It's none of my work.* The tailor in Gibson revolts at the cut of Lothair's coat.

ACT II. SCENE 17.

2. Zum Henker, *Confound it.*

3. hinten. That is, motions him back.

4. Parforcejagd, *stag-hunt* or "hunting with hounds." The word *parforce* is a compound of the French *par* and *force,* but is not used as a compound in French in this connection.

5. Original, *queer fellow,* French.

6. Thut nichts, etc., *Never mind. Only introduce us.*

7. in Persien. Students say this familiarly of any eccentric person, perhaps remembering Werner in Lessing's "Minna von Barnhelm," perhaps thinking of the "Arabian Nights." Gibson, being uninitiated, takes the phrase literally. This use of slang with *double entente* is a favorite device with Moser.

Page 53. — 1. Sonnenstich, *sunstroke,* supposed to have injured his mind. **2. Um . . . nicht,** *I don't care about.*

3. näher treten, i.e. *join the rest of the company.*

4. nobel, *stylish, aristocratic,* also *generous.* Familiar and inelegant.

5. Sicher ist sicher, translate "safe and sure." While he holds them by the arm they cannot escape him.

ACT III. SCENE 1.

Page 54. — 1. wäre, *seems to be.*

2. sprechen. Transitive in colloquial use.

3. klassischer Anblick, here, as sometimes in English, colloquial. One may render "a spectacle for the gods."

Page 55. — 1. ganz verdreht, *really crack-brained.*
2. gut, i.e. "good fun." 3. ihn los, *rid of him.*
4. vorgebeugt, *taken precautions.*
5. aus der Rolle fällt, *ceases to act his part* as gentleman.
6. Parforce-Anzuge, simply *hunting-dress.* Stulpen, *turned-over tops* of hunting boots here.

ACT III. SCENE 2.

Page 56. — 1. gesehen. Armadale talks throughout with the omission of pronouns and auxiliary verbs, a style affected on the continent by military and club men.
2. gelebt, i.e. *had my fling,* sown my wild oats.

Page 57. — 1. wird . . . machen, *the affair will go all right.*

ACT III. SCENE 3.

2. **All right.** German sportsmen think it fashionable to use English phrases. 3. lauter, *nothing but.*
4. Misogynie, *hatred of womankind.* Greek.
5. Philister, *muff* or *molly-coddle,* here; but see page 34, note 2.
6. in die Schule, *under his instruction.*

ACT III. SCENE 4.

Page 58. — 1. Darüber . . . Sorgen, *Don't you worry about that.*

Page 59. — 1. etwas viel, *rather too much.* Daran . . . verderben, *Isn't that enough to make a body sick.*
2. Spezies, *species,* i.e. sort of young man.
3. in natura, *in the life.* Latin.
4. Mordsmädel, *killing girl,* "stunner." — 5. Wetter, *By jingo!*

Page 60. — 1. geht . . . durch, *is running away.*
2. Wie kommt der Küster dazu, *How does the "sacristan" happen to know how ?*

ACT III, SCENE 5.

3. einige . . . nehmen, *take* (i.e. jump) *a few obstacles,* e.g. fences.
4. Onkels. The *s* as a plural ending is colloquial.

Page 61. — 1. **dafür kann man doch nicht,** *one can't help that, you know.* 2. **toben.** Cp. page 3, note 6.

ACT III. SCENE 6.

3. **bester Herr,** simply *Dear Sir,* but with emphasis.

4. **flog,** *jumped* in the saddle. **machte sich auch noch,** *went pretty well, though.*

Page 62. — 1. **danke,** i.e. want no more of that kind. Cp. page 12, note 4.

2. **Saltomortale,** *double somersault.* Italian, as are many words for similar feats, because the performers were often of that nation.

3. **danke für die Nachfrage** is the customary phrase in thanking visitors for inquiries about a sick person. Sarcastic here.

4. **verführerischer,** *enticing.* The charms of Calypso, daughter of Atlas, are told in the "Odyssey," Bk. 5.

5. **Beruhigungstropfen,** *quieting drops.* **auf,** *for, because of.*

ACT III. SCENE 7.

Page 65. — 1. **es geht an,** *it's pretty fair,* "it'll do," "he's so-so." Colloquial.

2. **erneuern.** Cp. page 32, line 31. Yet neither is at this moment honest with the other.

ACT III. SCENE 8.

Page 66. — 1. **macht sich zu schaffen,** *occupies herself.*

2. **Scheint,** etc., i.e. *There's a storm brewing.*

ACT III. SCENE 9.

3. It is ominous to wish luck to one going on a hunt. See, for instance, "Die Sonntagsjäger," Scene 11, in this series.

4. **ich lasse . . . erwürgen.** From Schiller's ballad, "Die Bürgschaft," lines 13, 14. Moser has the same jest in his "Köpnickerstrasse 120."

Page 67. — 1. ſchlagen an, *begin to bark*, "give tongue."

2. Malhenr, *misfortune*, French.

3. an die Stunde, *to your lessons*.

4. wundervoll, *charming*. Colloquial here.

Page 68. — 1. **Vicar of Wakefield**, a novel (1764) by Goldsmith, much read in German schools.

2. **Tom Jones** (1749), by Fielding, the first great realistic novel in English.

Page 69. — 1. Des . . . Sinai. These words translate the lines:

> Of man's first disobedience and the fruit
> Of that forbidden tree, whose mortal taste
> Brought death into the world and all our woe
> With loss of Eden till one greater man
> Restore us and regain the blissful seat,
> Sing, heavenly muse, that on the secret top
> Of Horeb or of Sinai (didst inspire, etc.).
>
> Paradise Lost, i, 1-7.

Note that the confusion of tenses in line 11 is the error of the translator.

2. **gefundene.** A play on the title of Milton's second epic, "Paradise Regained."

3. **Tiſchrücken,** *table-tipping*, at that time a fad with dilettante spiritualists, as was also the *Planchette* or **Pſychograph**, a light board supported by two wheels and a pencil point which moved beneath the lightly imposed finger tips in a manner suggesting written words.

Page 70. — 1. **Materialiſation,** alleged *materialization* or incorporation of spirits.

2. **danken,** i.e. *decline with thanks*. Cp. page 12, line 4.

3. **vierdimenſionalen,** *quaternary*. This reference to quaternions or the four-dimensional geometry is an allusion to the effort made at that time (1877 and 1878) by Ulrici and other German professors to explain certain spiritualistic phenomena by this theory.

Page 71. — 1. mir . . . eingebrockt, *got myself into a nice mess*, lit. "crumbed a nice bit into my soup." Colloquial.

ACT III. SCENE 10.

2. mache, daß, *fix it so that.*   **3. animiert,** *excited, "jolly."*

Page 72. — 1. wirtschaften, *manage things,* usually in the sense of "muddling" them.

2. Whig oder Tory, names of the English liberals and conservatives. **Hoch Tory,** *extreme tory.*

3. Crême, French *crême, cream.*   Colloquial; as we say, "the cream of society."   **4. neugierig,** *curious to know.*   Colloquial.

5. Afghanistan, country on the frontier of India, which the English had then recently invaded.

6. gemacht, *cut,* from the tailor's point of view.

Page 73. — 1. bauen laffen, *had it made.*   Tailor's slang.

2. mich zum besten haben, *make fun of me,* mock me.

3. Fall, *set,* draping of clothes.

ACT III. SCENE 11.

Page 74. — 1. Zeug, *stuff.*   Note the pun.

2. da liegt der Hund begraben, *there's the rub.*   Slang.

3. den.   Cp. page 3, note 7.

4. Sonnenstich.   Cp. page 53, note 1.

5. mit ihm fertig, *settle with him.*

6. Bedlam, contraction for Bethlehem, general name for Lunatic hospitals in the middle ages, and especially for one founded in 1537 in Bishopsgate Street, London, whence it was removed to Moorsfield in 1675 and to St. George's Fields, the present site, in 1814.

ACT III. SCENE 12.

Page 75. — 1. Meilen.   A German **Meile** is about five English miles.

ACT III. SCENE 13.

Page 76. — 1. fordern, *challenge,* if you were insulted.

2. bona fide, Latin, *in good faith.*

3. bin ... Nächste, *must consider myself first.* The expression is proverbial, usually in the form Jeder ist sich selbst der Nächste. **will keine Blamage** (from French *blâme*), *desire nothing that will make me ridiculous.* **alles,** *everybody.*

Page 77. —1. besorgen, *hunt up,* find.

ACT III. SCENE 15.

2. hätte, i.e. *I hope I have.* Subjunctive of modest statement.

Page 78. —1. Monstrum, Latin, *monstrosity,* not "monster."

Page 79. —1. Löwen und der Maus. Fable, common to many literatures, of a lion tied by ropes which a mouse gnaws till the lion can break them. Moral: The weakest can sometimes save the strongest.

ACT III. SCENE 16.

2. auseinandersetzen, *explain.*

ACT III. SCENE 17.

Page 81. —1. Dinge, etc., adapted from Shakspere's "Hamlet," Act I, Scene 5, lines 166, 167:

> There are more things in heaven and earth, Horatio,
> Than are dreamt of in your philosophy.

2. es ist gern geschehen, *you are welcome, it was a pleasure to me,* or the like. **3. es,** i.e. the medium. **angegriffen,** *exhausted.*

ACT III. SCENE 18.

Page 82. —1. sich berauscht, *got tipsy.*
2. That is, as the tailor was about to betray his trade.
3. gut aufgehoben, *well out of harm's way.*

Page 83. —1. aus dir, etc., equivalent to "*we'll make a lively fellow out of you yet.*"

2. gegenseitige Vorstellung, *mutual introduction.*

ACT III. SCENE 19.

Page 84. — 1. **gut,** *safe* (or *agreeable*) *to be with.* Colloquial. Cp. page 80, line 17.

2. **zu seiner Pflege,** *as his attendant* or *nurse.*

3. **Vampyr,** *vampire,* a kind of blood-sucking bat, but also, in popular superstition, a blood-sucking ghost. This belief is of Slavic origin.

ACT III. SCENE 20.

Page 85. — 1. **rumort entsetzlich,** *makes an awful racket.*

2. **Schränken,** here *bookcases.*

3. **drüber und drunter,** *topsy-turvy.*

Page 86. — 1. **Kaputze,** *hood.*

2. **magnetischer** and **Ekstase.** Spiritualistic terms. So also **Klopf-töne,** *spirit-rappings.*

Page 87. — 1. **loslösen,** i.e. *become materialized.*

ACT IV. SCENE 1.

Page 88. — 1. **Pianino,** *upright piano,* or "small piano."

2. **Züge,** *moves,* in the game. **matt,** *check-mated.* From the game of chess. 3. **Gut,** *estate.* 4. **hat es gut,** *is well off.*

Page 89. — 1. **Charmant,** French, *charmant, delightful.* **erledigt,** *finished, settled.*

2. **mit sich reden lassen,** *discuss the matter.*

ACT IV. SCENE 2.

Page 90. — 1. **Noten,** *sheet music.*

2. This is said ironically. Lothair had shown himself quite capable of bold strokes and devices.

Page 91. — 1. **ganz nach Belieben,** *whatever you like.*

2. **ein Lied ohne Worte,** one of *Mendelssohn's* "*Songs without Words.*" 3. **spielen,** *play,* and also "jest" or "make sport of."

Page 92. — 1. **Fingerſatz,** *fingering.* Musical term. So also **Accord,** *chord,* below.

Page 93. — 1. **inneren,** etc., say *charms of character and person.*

Page 94. — 1. **Bann,** *spell, fascination,* or *power*

ACT IV. SCENE 3.

Page 95. — 1. **verſtimmt,** *out of tune,* and, in the next phrase, " out of sorts."

2. **brauchen,** i.e. to go. The dependent infinitive is often suppressed with **brauchen.**

3. **Kairo,** *Cairo,* in Egypt. **Weltumſegler,** "*globe-trotter.*"

Page 96. — 1. **aus dem Sinn ſchlagen,** *get it out of her mind.*

ACT IV. SCENE 4.

2. **Praktikus,** practical man, *man of business.* Colloquial.

3. **lebenslänglich anſtellen,** *give you an appointment for life.* In his answer Lothair takes the words matrimonially. Cp. page 115, line 28.

Page 97. — 1. **vertrete,** *be responsible for.*

ACT IV. SCENE 6.

Page 98. — 1. **ein paar ordentliche Bären aufbinden,** *give him a thorough hoaxing.*

Page 99. — 1. **müßte,** i.e. if it were so.

2. **grau,** *tipsy,* like the French *gris* which has the same double meaning. **blau,** *dead drunk.* Slang derived from the meaning "livid."

3. **Iſt . . . erinnerlich,** *I have a faint recollection.*

4. **Kamel.** Cp. page 20, note 1. **mit Ihnen ſchießen,** *fight a duel with you.* 5. **Fällt . . . ein,** *I've no notion of doing it.*

6. **total,** *absolutely.* Colloquial and emphatic.

7. **kommt über,** *will be after.* Familiar.

8. 𝕳𝖆𝖚𝖙, as we say, " in your shoes."

9. 𝖆𝖑𝖙𝖊 𝕾𝖈𝖍𝖆𝖈𝖍𝖙𝖊𝖑. Cp. page 20, note 6.

10. 𝖉𝖚𝖗𝖈𝖍𝖇𝖗𝖊𝖓𝖓𝖊, *slip away*, " take French leave." Slang.

ACT IV. SCENE 7.

Page 100. — **1.** 𝕸𝖊𝖓𝖚, *bill of fare*, whence we should infer that Sarah was housekeeper as well as governess. The French word *menu* may be used also in English.

2. 𝖒𝖎𝖙 '𝖓𝖊𝖒 𝖇ö𝖘𝖊𝖓 𝕽𝖆𝖚𝖘𝖈𝖍, *who was cross when drunk*. The elision of ei in 'nem suggests a sort of lisping coquetry here.

3. 𝖘𝖙𝖎𝖈𝖍𝖊𝖑𝖙 𝖘𝖈𝖍𝖔𝖓, *is hinting already*.

Page 101. — **1.** 𝕬𝖇𝖘𝖙𝖆𝖓𝖉, *compensation*, i.e. damages for breach of promise.

2. 𝖇𝖆𝖓𝖐𝖊𝖓, *decline with thanks*. Contemptuous here, but cp. page 12, note 4, page 70, note 2, and page 103, line 14.

ACT IV. SCENE 8.

Page 102. — **1.** 𝖟𝖚𝖗𝖊𝖈𝖍𝖓𝖚𝖓𝖌𝖘𝖋ä𝖍𝖎𝖌, *accountable for your actions*.

2. 𝖇𝖑𝖆𝖒𝖎𝖊𝖗𝖊 𝖒𝖎𝖈𝖍, *am making a fool of myself*. Cp. 𝕭𝖑𝖆𝖒𝖆𝖌𝖊, page 76, note 3.

ACT IV. SCENE 9.

Page 103. — **1.** 𝕶𝖔𝖗𝖇. In Germany for a girl to give a man a 𝕶𝖔𝖗𝖇 is the same as for an English girl to " give him the mitten," i.e. to decline his suit.

Page 104. — **1.** 𝖌𝖊𝖓𝖎𝖊𝖗𝖙 𝖏𝖆 𝖌𝖆𝖗 𝖓𝖎𝖈𝖍𝖙, *is not the least in the way*.

2. 𝕰𝖘 . . . 𝖌𝖊𝖐𝖔𝖒𝖒𝖊𝖓, *I have swallowed something the wrong way*.

Page 105. — **1.** 𝕯𝖆𝖘 𝖜𝖎𝖗𝖉 𝖘𝖎𝖈𝖍 𝖋𝖎𝖓𝖉𝖊𝖓, *We'll see about that*.

ACT IV. SCENE 10.

Page 106. — **1.** 𝕿𝖊𝖚𝖋𝖊𝖑𝖘𝖐𝖊𝖗𝖑, *Deuce of a fellow*. Admiringly, as we see from 𝖕𝖗ä𝖈𝖍𝖙𝖎𝖌𝖊𝖗, *splendid*, below.

2. 𝕯𝖆𝖘 𝖐𝖔𝖓𝖓𝖙𝖊 𝖎𝖈𝖍 𝖒𝖎𝖗 𝖉𝖊𝖓𝖐𝖊𝖓, *I might have known it*. Ironical.

3. 𝖇'𝖗𝖎𝖓 for 𝖉𝖆𝖗𝖎𝖓. 𝖎𝖍𝖒 𝖌𝖚𝖙 𝖘𝖊𝖎𝖓, *be fond of him*.

ACT IV. SCENE 11.

Page 107. — 1. **da hört alles auf,** *that's the last straw.* He alludes to his experience in Act IV, Scenes 3, 4, 5. Note, especially, page 98, line 1.   2. **Alle Wetter,** *By thunder!*

3. **Wurst,** *sausage,* here probably of the kind called Bologna, already cooked and to be eaten cold.   4. **bei Sinnen,** *in your senses.*

Page 108. — 1. **Subjekt,** *fellow.* Contemptuous.

2. **Du lieber Gott,** *Mercy on us!* or the like.

3. **zu Berge,** *on end.*

4. **In petto,** Italian. Lit. "in my breast, heart or mind," but in German often, as here, *in reserve, in secret.*

ACT IV. SCENE 12.

Page 109. — 1. **des Teufels,** *crazy.*

2. **Der Fall,** *Such a case.*

ACT IV. SCENE 13.

Page 110. — 1. **geht . . . an,** *concerns.*

2. As an engaged girl, Eva means that she must learn to call Harry **du,** while, until married, he should address her in public with the unassuming **Sie.**

Page 111. — 1. **auf die leichte Achsel,** "on the easy shoulder," i.e. *with levity.*

2. **Das,** *that trick.* **Aufsehen,** *fuss.* Familiar.

ACT IV. SCENE 14.

Page 112. — 1. **böse.** Eva remembers that Edith had professed to love Harry, page 65, hence her groundless fears.

ACT IV. SCENE 15.

2. **Mir . . . still,** *I can't comprehend it,* I'm at my wit's end.   **habt ihr,** *is the matter with you.*

Page 113. — 1. **ift mir lieb,** not " I'm glad of it " here, but with a snappish tone implying, *I thought so.* **foll er,** *is wanted of him ?*

2. **zu teil werden,** *be vouchsafed.* This and other terms in the letter belong to the füsterhaft character of Robert.

3. **denken,** because of the **Stöckchen,** page 108, line 9.

Page 114. — 1. **Stellt . . . auf den Kopf,** *Turns upside down.*
2. **foll der Brief,** *does this letter mean ?*

ACT IV. SCENE 16.

Page 115. — 1. **bei Laune,** *in good humor.*
2. **Onkels.** Cp. page 60, note 4.
3. **Anlage,** *natural disposition.* **schließlich,** *but in the end.*
4. **Herzenskerl,** *boy after my own heart.*
5. **Anstellung.** See page 96, line 24.
6. **kriegen,** *get.* Colloquial.

Page 116. — 1. **umarmt.** See page 38, line 3.
2. **meinetwegen,** *I'm willing,* or *I won't object.*
3. **Karten,** i.e. his business *cards.*
4. **hätte.** For the mood and tense cp. page 77, note 2.
5. **auf Abzahlung,** *on the instalment plan.*

VOCABULARY

VOCABULARY

A

ab, off (the stage), down, away; — und zu, off and on; auf und —, up and down.

ab'blasen, blow off, blow a signal to stop.

Abend, -e, *m.,* evening; heute abend, this evening.

aber, but, however.

ab'fahren, drive off, set out, leave.

ab'führen, lead *or* carry off.

ab'geben, deliver, hand over, supply.

ab'gehen, depart, go out; (*with dat.*) be lacking to.

ab'gewöhnen, break off (a habit).

ab'halten, deter, hold, give, go through.

ab'heben, cut (cards).

ab'knöpfen, unbutton.

Abkommen, —, *n.,* agreement.

ab'laufen, run off, turn out, end.

ab'legen, lay off, aside *or* down, remove (coat and hat, *p. 9, l. 7*).

ab'leugnen, deny, disown.

ab'machen, settle, finish off, undo.

ab'nehmen, take off, from *or* away.

Abreise, -n, *f.,* departure.

ab'reisen, depart, leave.

ab'schlagen, refuse, abate, subside, turn aside, ward off.

Absicht, -en, *f.,* purpose, intention.

absichtlich, intentional.

Abstand, "e, *m.,* compensation.

ab'treten, retire. [and see.

ab'warten, wait for; es —, wait

Abwechselung, -en, *f.,* change, variety.

ab'wenden, turn away, avert.

ab'werfen, throw off.

abwesend, absent.

Abzahlung, -en, *f.,* payment, installment.

Abzeichen, —, *n.,* badge.

acceptieren, accept.

Accord, -e, *m.,* chord.

Ach, Ah! alas! — ja, Oh, yes! Oh, do! — so, is that so?

Achſel, -n, f., shoulder.
achſelzuckend, with a shrug of the shoulders.
acht, eight (o'clock); —e, eighth; —zehnt, eighteenth.
Achtung, f., attention, respect.
achtungswert, respectable.
Adam, Adam.
adieu, good-bye.
Adreſſe, -n, f., address.
Adreßkarte, -n, f., visiting card.
Affaire, -n, f., affair.
Afghaniſtan, Afghanistan.
ah, ah! oh!
aha, ha ha!
ähneln, resemble (dat.).
Ahnung, -en, f., premonition, suspicion, idea.
Akt, -e, m., act.
Album, -s, n., album.
all, all; alles, everything, everybody.
allein, alone, only, but.
allerdings, by all means, to be sure, of course.
allernächſtens, immediately, the very next thing.
allerneuſt, very latest.
Allotria, n., pl., nonsense.
als, as, than, when.
alſo, then, so then, so, therefore.
alt, old.
Alter, n., old age.
alterieren, change, shock.
Amerika, n., America.
amüſant, amusing.
amüſieren, amuse; ſich —, enjoy oneself.

an, at, near to, in, on, by, for, from, by reason of, with respect to, against.
an'bieten, offer.
an'binden, fasten, tie up.
an'blaſen, blow a signal to begin.
Anblick, -e, m., sight, spectacle.
ander, other, different; —s, otherwise, under different conditions; wo —s, elsewhere; es geht nicht —s, it can't be helped.
ändern, alter, change.
aneinander, together, against one another.
an'erkennen, recognize, acknowledge.
Anfang, "e, m., beginning, outset.
an'fangen, begin.
an'faſſen, grasp, take hold of.
an'gehen, begin, suffice, concern.
angeheitert, "jolly," half-tipsy.
Angelegenheit, -en, f., affair, business.
angenehm, agreeable.
an'gewöhnen, accustom.
an'greifen, affect injuriously, weaken, exhaust.
Angſt, "e, f., anxiety, fear.
ängſtlich, anxious, uneasy, timid, alarmed.
ängſtigen, alarm, worry, fret.
an'hören, listen to.
animiert, lively, excited, "jolly."
an'kleiden, put on clothes, dress.
an'kommen, arrive, come, come over.

Anlage, -n, f., natural aptitude, talent.

an'langen, arrive.

an'merfen, remark, observe; nichts —, notice nothing strange.

an'nehmen, accept.

an'rühren, touch.

Anschauung, -en, f., view.

an'schlagen, strike at or up, begin to bark.

an'schreiben, write down, note, post (notices).

an'sehen, look at, perceive; es einem —, tell by one's looks; mit —, be witness of.

Ansicht, -en, f., view, opinion.

anständig, proper, respectable.

an'stecken, stick on, put on, pin.

an'stellen, appoint, employ.

Anstellung, -en, f., appointment, situation.

an'stoßen, clink (glasses).

Anstrengung, -en, f., exertion, effort.

Antrag, "e, m., offer, proposal.

an'treten, enter upon, begin.

Antwort, -en, f., answer.

antworten, answer.

an'vertrauen, confide, entrust.

an'weisen, point out, show.

an'wenden, apply.

anwesend, present.

Anzahl, f., number.

an'ziehen, put on (clothes); refl., dress.

anziehend, attractive.

Anzug, "e, m., suit (clothes).

Appetit, m., appetite.

arbeiten, work.

arm, poor; Ärmste, "poor fellow."

Arm, -e, m., arm.

Ärmel, —, m., sleeve.

Aroma, n., aroma.

aromatisch, aromatic, savory smelling.

arrangieren, arrange. [way.

Art, -en, f., kind, sort, nature, artig, well-behaved, agreeable, nice.

auch, also, too; — nicht, neither, not . . . either; (after wer, wie, etc.), ever.

auf, on, upon, in, of, at, by, for, after, about, in anticipation of; — . . . zu, toward; — und ab, up and down.

auf'binden, tie on, impose on.

Aufbruch, "e, m., start, setting out.

auf'fahren, start up.

auffallend, striking, conspicuous, showy.

auf'fangen, catch, catch up.

Aufgabe, -n, f., task.

auf'gehen, rise, arise, open.

aufgelegt, disposed.

auf'halten, hold up, stop, detain.

auf'heben, lift up, put out of the way, care for, provide for; sich —, get up.

auf'hören, cease, stop.

aufmerksam, attentive; — machen auf, call attention to.

auf'nehmen, take up or in, shelter, receive.

auf'räumen, clear up, put in order.

auf'schlagen, throw open, open (book).

auf'schreien, cry out, scream.

Aufsehen, —, *n.*, stir, sensation, notice, "fuss."

auf'springen, spring up, start.

auf'stehen, stand *or* get up.

auf'steigen, climb up, mount.

auf'streifen, turn up.

auf'suchen, hunt up, search for.

auf'tauchen, emerge, "bob up."

Auftrag, "e, *m.*, commission, message.

auf'treten, appear, come forward, act, behave.

Auftritt, -e, *m.*, scene.

Auge, -n, *n.*, eye.

Augenblick, -e, *m.*, moment.

augenblicklich, instantly, on the spot.

augenscheinlich, apparently.

aus, from, of, by, for, on, in, on account of, over, done with, through.

ausdrücklich, express, explicit.

ausdrucksvoll, expressive.

auseinander, apart.

auseinander'fahren, start apart.

auseinander'falten, unfold.

auseinander'setzen, explain.

aus'erwählen, select.

Ausfertigung, -en, *f.*, execution, making out.

aus'füllen, fill out, supply.

Ausgang, "e, *m.*, way out, exit.

aus'geben, spend.

aus'gehen, go out.

ausgezeichnet, distinguished, excellent.

aus'halten, hold out, endure, "stand."

aus'lachen, make fun of, ridicule.

Auslage, -n, *f.*, outlay, expense.

Auslese, -n, *f.*, selection.

aus'machen, make up, agree, decide.

aus'reißen, break loose, dodge, decamp.

aus'richten, execute, deliver.

aus'ruhen, rest, lie down.

aus'schlafen, sleep, "sleep it off" (*p. 74, l. 22*).

aus'sehen, look, appear.

äußer, outer, external, outward; Äußeres, outward appearance.

außergewöhnlich, unusual.

außerordentlich, extraordinary.

aus'setzen, object to, find fault with.

aus'sprechen, express, explain; (*refl.*) be frank (*p. 65, l. 17*).

Ausspruch, "e, *m.*, declaration, sentence.

Ausstattung, -en, *f.*, outfit, furnishing.

aus'sterben, die out.

aus'suchen, pick out, select.

aus'tauschen, exchange.

aus'toben, cease raging, "have one's fling," "sow wild oats."

aus'wählen, choose out, select.

auswärtig, foreign.

aus'weichen, evade, avoid, escape.

auswendig, by heart.

aus'ziehen, pull out, take off (clothes).

Autorität, –en, *f.*, authority.

B

Bahn, –en, *f.*, railroad (station).

bald, soon.

Bandage, bandage.

bang(e), afraid, anxious, uneasy; mir ist —, I am worried (*p. 90, line 22*).

Bann, –en, *m.*, spell, fascination.

Bär, –en, *m.*, bear, hoax, trick.

barsch, gruff, harsh.

bauen, build, make.

Baum, ″e, *m.*, tree.

bedauern, regret, be sorry for.

bedeuten, signify, mean, matter.

Bedlam, Bedlam.

beeinträchtigen, encroach upon, injure.

beenden, end.

befassen, comprehend; sich mit etwas —, occupy oneself with.

Befehl, –e, *m.*, command; zu —e stehen, be at one's service.

befehlen, a, o, command, order; —d, dictatorial.

befinden, a, u, find; sich —, be.

Befinden, *n.*, condition (health).

befindlich, present, to be found.

Befolgung, *f.*, observance.

begegnen, meet.

begeistern, inspire, fill with enthusiasm.

begierig, eager, curious.

beginnen, a, o, begin.

begleiten, accompany, escort.

begraben, u, a, bury.

begreifen, i, i, feel, comprehend, understand.

begrüßen, greet, salute.

Begrüßung, –en, *f.*, greeting, salutation.

behäbig, well-to-do, stout.

behalten, ie, a, keep, maintain.

behandeln, treat, manage, use.

Behandlung, –en, *f.*, treatment.

behaupten, assert.

behüten, preserve, guard.

bei, about, among, at, in, with, near, by, on, at the residence of.

beichten, confess.

beide, both.

Bein, –e, *n.*, leg.

beinahe, almost, nearly.

Beispiel, –e, *n.*, example; zum —, for instance.

bei'stehen, stand by, aid, help.

bekannt, acquainted, familiar; (*as noun*) acquaintance.

bekanntlich, as is well known, notoriously.

Bekanntschaft, –en, *f.*, acquaintance.   [ceive.

bekommen, a, o, get, obtain, re-

beleidigen, offend, insult.

Beleuchtung, –en, *f.*, lighting.

belieben, like, choose, think proper; (*impersonal*) please.

Belieben, *n.*, liking, pleasure.

Belohnung, –en, *f.*, reward.

bemerkbar (*or* —lich), noticeable; — machen, attract attention.

bemühen, (*refl.*) try, take pains.

benachsichtigen, inform.

benehmen, a, -nommen, (*refl.*) behave *or* conduct oneself.

beneiden, envy.

Bequemlichkeit, -en, *f.*, convenience, comfort.

berauben, rob.

berauschen, intoxicate, make tipsy.

bereits, already.

bereuen, regret. [*n. 3*).

Berg, -e, *m.*, mountain (*see p. 8*,

beruhigen, pacify, compose.

Beruhigung, -en, *f.*, quieting, calming. [drops.

Beruhigungstropfen, sedative

berühren, touch.

beschäftigen, occupy, keep busy.

bescheiden, modest, unassuming.

bescheren, grant, give.

beschlagen, u, a, shoe (horses).

Beschreibung, -en, *f.*, description.

besetzen, occupy, fill.

besitzen, -saß, -sessen, possess, own. [ly.

besonders, particularly, especial-

besorgen, provide for, attend to, manage, get, hunt up.

besprechen, a, o, talk over *or* about, discuss.

besser, better.

bessern, improve, reform.

best, best; mein Bester, my dear sir *or* fellow; meine Beste, my good woman; zum —en haben, make fun of.

bestehen, -stand, -standen, stand (test), pass (examination).

besteigen, ie, ie, mount.

bestellen, order.

bestimmt, positive, certain.

beten, pray. [consider.

betrachten, look at, contemplate,

betreffen, a, o, concern.

betrinken, (*refl.*) get drunk.

Bett, -en, *n.*, bed.

beunruhigen, disturb, trouble.

bevor'stehen, impend, be at hand.

bevor'zugen, favor, prefer.

bewahren, keep, preserve; bewahre! God forbid! (*p. 20, l. 1*).

Beweis, -e, *m.*, proof, evidence.

beweisen, ie, ie, prove, show.

bewilligen, grant.

bewundern, admire.

bezahlen, pay.

Bezahlung, -en, *f.*, payment.

Bibliothek, -en, *f.*, library.

Bibliothekar, -e, *m.*, librarian, secretary.

bieten, o, o, offer.

Bild, -er, *n.*, picture, idea.

billigen, approve, sanction.

binden, a, u, bind.

Birne, -n, *f.*, pear.

bis, as far as, to, till, until; — zu, even to; —her, till now.

Bissen, —, *m.*, bit, morsel.

bißchen, little, "little bit."

Bitte, -n, *f.*, request.

bitten, bat, gebeten, ask, beg, bitte, please, excuse me, don't mention it; darf ich —, please enter (*p. 36, l. 19*).

Blamage, -n, *f.*, scandal, ridicule (*see p. 76, n. 3*).

blamieren, (*refl.*) make oneself ridiculous, become disgraced.

blasen, ie, a, blow (hunting horn).

blasiert, blasé.

blaß, pale.

blau, blue, livid; (*p. 99, l. 13*) dead drunk.

bleiben, ie, ie, remain, stay, be left; stehen —, stop.

Blick, -e, *m.*, glance, look, appearance.

blind, blind.

blond, fair, blond.

Blondkopf, "e, *m.*, fair-haired person.

Blume, -n, *f.*, flower.

Boden, *m.*, ground.

Bogen, —, *m.*, bow, curve.

Bombe, -n, *f.*, bomb.

böse(e), bad, bad tempered, cross, vexed.

Botanik, *f.*, botany.

Bouquet, -s, *n.*, bouquet.

brauchbar, fit, available; zu . . . —, good for.

brauchen, need, require.

braun, brown.

bravo, bravo! good!

brechen, break.

brennen, brannte, gebrannt, burn.

Brief, -e, *m.*, letter.

Brieftasche, -n, *f.*, pocket-book.

bringen, brachte, gebracht, bring, lead, produce.

brocken, crumble.

Bube, -n, *m.*, boy, knave (cards).

Buch, "er, *n.*, book.

Buchstabe, -n, *f.*, letter.

Bühne, -n, *f.*, stage.

Bürge, -n, *m.*, surety, hostage.

Bursch, -en, *m.*, fellow.

C

Calypso, *f.*, Calypso.

Calypso-Mann, *m.*, Calypso-fellow.

charmant, charming.

chinesisch, chinese.

Cigarre, -n, *f.*, cigar.

citieren, cite, summon.

Commissionär, -e, police agent.

Compliment, -e, *n.*, greeting.

coulant, obliging.

Cour, -en, *f.*, court; — schneiden *or* machen, court, make love to.

Courmacherei, -en, *f.*, flirting.

Cousine, -n, *f.*, cousin.

Crême, *f.*, cream.

Cretin, -s, *m.*, idiot (*see p. 34 note 2*).

Croquet, *m.*, croquet.

culinarisch, culinary, epicurean.

Cylinderhut, "e, *m.*, high *or* silk hat.

D

da, there, here, then, in such a case, on the spot, present.

dabei, by that, by it, in connection with that, nevertheless, at the same time, besides, close by.

daburch, by that means.

dafür, for that, to that, against that, in return for that *or* it.

dagegen, against that *or* it; on the contrary.

dagewesen, *see* dasein.

daher, thence; bis —, up to there.

dahin, to that place *or* time, thither.

dahinter, behind it *or* them.

damals, then, at that time.

Dame, -n, *f.*, lady.

damit, with it *or* that, by it *or* that, in order that.

Dank, *m.*, thanks.

danken, thank, decline with thanks.

dann, then, afterwards.

daran, at *or* on it, that, them, *etc.*; to it, near it, about it, in it, in regard to it.

darauf, on *or* upon that *or* it, afterwards.

daraus, from that, by reason of that, thence.

darf, *see* dürfen.

darin, in *or* at it, that, them, *etc.*

darnach, accordingly, thereafter; (*p. 42, l. 6*) "like it."

darüber, about that.

da'sein, happen, exist; nicht dagewesen, unprecedented, unheard of.

daß, that, so that; — nicht, lest.

davon, of *or* by *or* from it, that *or* them; away, off.

dazu, to *or* for *or* at it, that *or* them; moreover, besides.

dazu'kommen, come up, arrive unexpectedly.

dazwischen, between them (*p. 104, l. 27*).

decken, cover, set (table).

Decorum, *n.*, decorum, propriety.

Degen, —, *m.*, sword, rapier.

dein, your, yours, of you.

demolieren, demolish.

demütig, humble.

denken, dachte, gedacht, think, suppose; — an, think of, remember; sich —, imagine, think, know.

denn, then, for, in that case, else, unless.

dennoch, yet.

der, this, that, he, *etc.*; who, *etc.*

derb, rough, rude, blunt.

derselbe, the same.

desto (*with comparative*), so much the; je . . . —, the . . . the.

deutlich, clear, distinct.

dicht, close.

Dichter, —, *m.*, poet.

dick, thick, stout.

dienen, serve, be of service to; zu —, at (your) service.

Diener, —, *m.*, servant.

Dienerschaft, *f.*, household servants (collectively).

Dienst, -e, *m.*, service.

dies, this, that.

diktieren, dictate.

Diner, -s, *n.*, dinner.

Ding, -e, *n.*, thing.

direkt, direct.

Disposition, -en, f., disposition, disposal.

doch, yet, still, though, for all that, after all, surely; do! yes!

docieren, lecture, instruct.

Donnerwetter, thunderation!

doppelt, double.

Dorf, "er, n., village.

dort, there, over there.

drängen, press, push, crowd.

drehen, turn.

drei, three; —hundert, 300; —mal, three times; —zehnt, thirteenth.

drin and **d'rin** = darin.

dringend, urgent.

dritt, third.

drüber = darüber; — und drunter, topsy-turvy.

Druck, -e, n., point, pressure.

drücken, squeeze, clasp.

drunter = darunter.

Duckmäuser, —, m., sniveller, sneak.

Dummheit, -en, f., nonsense, silly trick.

dumpf, dull, musty.

dunkel, dark, gloomy, dim, faint.

dunkeln, grow dark.

durch, through, by, by means of, from.

durchaus, absolutely, by all means, thoroughly.

durch'brennen, slip away, abscond.

durch'gehen, run away.

dürfen, darf, durfte, gedurft, may, dare, be permitted.

E

eben, just, quite, precisely, just now; — nicht, just the opposite, quite the contrary.

ebenfalls, also, likewise.

ebenso, just so, similarly.

ecarté, ecarté.

Ecke, -n, f., corner.

Eden, n., Eden.

Effekt, -en, m., effect, (pl.) things.

ehe, before.

Ehe, -n, f., marriage.

eher, sooner, rather, earlier.

Ehre, -n, f., honor.

ehrlich, just, honest, fair.

ei, oh!

Eifersucht, f., jealousy.

eigen, own, odd.

Eigenschaft, -en, f., quality, attribute, peculiarity.

eigentlich, really, properly speaking; wohl — nicht, well not precisely.

eilen, hurry, hasten.

eilig, hasty, quick; es — haben, be in a hurry.

ein, one.

einander, one another, each other; hinter —, one after the other.

ein'brocken, crumble (bread).

Einbuße, -n, f., loss.

Eindruck, "e, m., impression.

einerlei, all the same, immaterial, indifferent.

einfach, simple.

ein'fallen, break in, interrupt; (*impersonal*) occur (to one's mind).

Eingang, "e, *m.*, entrance.

einig, one, united. [(*p. 41, l. 6*).

einig, some; –es, a thing or two

einigemal, some times, a few times.

ein'laden, u, a, invite.

Einladung, –en, *f.*, invitation.

Einlaß, *m.*, admission.

einmal, once, simply, just, only, anyway (*p. 24, l. 5*); noch —, once more; nicht —, not even.

ein'nehmen, take in, receive.

ein'quartieren, quarter, lodge.

Einrichtung, –en, *f.*, fittings, furnishings.

einsam, lonely, lonesome.

ein'schlafen, fall asleep.

ein'schlagen, clasp hands (in agreement).

ein'schließen, shut in.

ein'sehen, see into, understand.

ein'setzen, put *or* set in.

ein'sperren, lock in *or* up.

ein'stecken, stick in, pocket, imprison.

ein'treten, enter, occur.

einverstanden, agreed, satisfied.

ein'weihen, initiate.

einzig, sole, single, only.

Eisenbahn, –en, *f.*, railroad.

eisern, iron, stubborn.

Elephant, –en, *m.*, elephant.

elft, eleventh.

Empfang, "e, *m.*, reception.

empfangen, i, a, receive, accept.

empfänglich, receptive, susceptible.

empfehlen, a, o, *and IV.* recommend; sich —, take leave; mich —, present my compliments (in taking leave) ; (*p. 13, l. 20*) empfehle mich ganz gehorsamst, your most obedient servant.

Ende, –n, *n.*, end; zu —, to a close, over, "all up."

enden, end, stop.

endlich, final, at last.

engagieren, engage.

englisch, English. [out.

entdecken, discover, disclose, find

entfernt, distant, far off, away.

entgegen, against, in face of, towards.

entgegen'gehen, go to meet.

entgegen'kommen, come to meet, respond, receive.

entlang, along.

Entlassung, –en, *f.*, discharge, dismissal.

entrinnen, a, o, run away, escape.

entrüsten, provoke, irritate, exasperate.

entscheiden, ie, ie, decide.

entschieden, decidedly.

entschuldigen, excuse.

entsetzlich, dreadful, awful.

entsinnen, a, o, (*refl.*) remember.

entstehen, –stand, –standen, arise.

enttäuschen, undeceive, disappoint.

entweder ... oder, either ... or.

entziehen, –zog, –zogen, take away, withdraw.

erbliden, catch sight of, discover, see.

Erbe, f., earth.

erbroffeln, strangle.

ereifern, grow warm (in debate).

erfahren, u, a, learn, find out.

erfaffen, take hold of, seize, comprehend.

erfreuen, please, delight; (refl.) be glad; erfreut, glad.

erfüllen, fulfil, perform.

Erfüllung, -en, f., fulfilment, realization.

ergebenft, very respectfully, most humbly.

erhalten, ie, a, receive.

erheben, o, o, rise, arise.

erholen, recover, rest.

erinnerlich, in one's mind, present to memory. [ber.

erinnern, remind; (refl.) remember.

erflären, explain.

Erflärung, -en, f., explanation, declaration.

erfundigen; fich —, inquire.

erlauben, allow; (refl.) take the liberty.

Erlaubnis, f., permission.

erleben, live to see, experience.

erledigen, settle, finish, discharge.

erleuchten, light up, enlighten.

erneuern, renew.

ernft, serious.

erraten, ie, a, guess.

erregen, excite.

Erregung, excitement.

erringen, a, u, regain, win.

erscheinen, ie, ie, appear, be evident.

Erscheinung, -en, f., phenomenon, apparition, object.

erschlagen, u, a, kill.

erschrecken, a, o, be frightened; —te, —t, frighten.

erst, first, at first, not till, only.

erstaunen, be astonished.

erwählen, choose.

erwärmen, warm up.

erwarten, await.

erwecken, rouse, awaken.

erweisen, ie, ie, show, render.

erwerben, a, o, gain, earn, win

erwürgen, strangle.

erzählen, tell.

Erzählung, -en, f., story.

erzürnen, irritate, provoke.

effen, aß, gegeffen, eat.

Eßwaare, -n, f., (pl.) eatables.

etlich, some.

etwa, perhaps, indeed, nearly, about, by any chance.

etwas, something, somewhat, anything, some, rather, for a while; fo —, such a thing.

Eva, Eve or Eva.

ewig, everlasting, for ever.

Examen, -mina, n., examination.

Exefutor, -en, m., constable.

Exefutorstracht, -en, constable's dress or uniform.

Existenz, f., existence.

exiftieren, exist.

exflufiv, exclusive.

exquifit, dandified.

Extafe, -n, f., ecstasy.

F

fahren, u, a, drive.

Fahrt, -en, f., drive, journey.

Fährte, -n, f., track.

Fall, "e, m., fall, case, set (clothes); auf keinen —, by no means; auf jeden — or auf alle Fälle, at all events, by all means.

fallen, ie, a, fall.

fällig, due.

falsch, false, wrong.

falten, fold.

famos, famous, fine.

fangen, i, a, catch, take.

fassen, grasp, conceive; sich —, compose oneself.

fechten, o, o, fence.   [master.

Fechtmeister, —, m., fencing

Feder, -n, f., pen.

fehlen, fail, be wanting, be the matter with; — an, lack.

Fehler, —, m., fault, error, blunder.

feig(e), cowardly.

fein, fine, refined, nice, fashionable, shrewd, sly.

Feind, -e, m., enemy.

Feld, -er, n., field.

Fell, -e, n., skin.

Fenster, —, n., window.

Fernrohr, -e, n., telescope.

fertig, ready, finished; mit . . . — werden, settle with, dispose of.

fest, firm.

fest'halten, hold fast, cling.

Feuer, —, n., fire, lighted match; — machen, strike a match.

Figur, -en, f., figure.

finden, a, u, find, consider.

Finger, —, m., finger.

Fingersatz, m., fingering (music)

fix, fixed.

Flasche, -n, f., bottle.

fleißig, diligent, studious.

flicken, patch.

fliegen, o, o, fly, rush, jump or jounce (in riding).

flimmern, glitter.

flott, jolly, merry.

flüchten, sich, escape, run away.

Flügelthür, -en, f., double door.

flügge, fledged.

folgen, follow, obey.

folgsam, obedient.

fordern, challenge (to a duel).

forschen, search, investigate.

fort, away, gone; will —, starts to go.

fort'bringen, remove, take away.

fort'eilen, hurry away.

fort'fliegen, fly away.

fort'führen, lead away, continu

fort'gehen, go away, contin

forr'kommen, get awa

fort'nehmen, take awa

fort'schaffen, get rid of, remo

fort'schicken, send away.

fort'tragen, carry away.

fort'treten, step aside or off (the stage).

fortwährend, constantly.

fort'ziehen, draw away, drag away.

Frad, -$, m., dress coat.
fragen, ask, inquire.
Frau, -en, f., lady, wife, woman,
Mrs.
Fräulein, —, n., young lady,
Miss.
frech, bold, impudent.
frei, free, frank, bold.
freilich, to be sure, certainly.
Fremde, -n, m., stranger.
fressen, fraß, gefressen, eat.
Freude, -n, f., pleasure, satisfaction.
freuen, delight; sich —, be glad.
Freund, -e, m., friend; —in,
—innen, f., friend.
freundlich, friendly, kind.
Freundlichkeit, -en, f., friendli-
ness, kindness.
Freundschaft, -en, f., friend-
ship.
Freundschaftsdienst, -e, m.,
friendly service.
frisch, fresh, cool, lively, gay.
fröhlich, merry, gay.
Frucht, "e, f., fruit.
früh(e), early; heute —, this
morning; —er, former, prior;
schon —er, some time before.
Frühstück, -e, n., breakfast.
frühstücken, breakfast.
Fuchs, "e, m., fox.
fühlen, feel, be impressed by.
führen, lead, bring, manage.
füllen, fill.
fünf, five; —t, fifth; —zehnt, fif-
teenth.
funkeln, sparkle.

für, for, instead of, in behalf
of, in return for, as; — sich,
aside; was —, what sort of.
fürchten, fear; sich —, be afraid.
Fuß, "e, m., foot; zu —, afoot.

G

gähnen, yawn.
Gang, "e, m., motion, progress.
Gänschen, —, n., "goosey."
ganz, entire, whole, real, quite;
— und gar, absolutely.
gar, quite, at all, even.
Garçon-Einrichtung, -en, f.,
bachelor's quarters.
Gardine, -n, f., curtain.
Garten, ", m., garden.
Gartenhaus, "er, n., summer
house or gardener's house.
Gärtner, —, m., gardener.
Gast, "e, m., guest.
geben, a, e, give, grant; es giebt,
there is or are; hat's gegeben,
has happened.
gebieten, o, o, control.
gebildet, accomplished, cultured.
Gebrauch, "e, m., use, custom.
gebrauchen, use, make; nicht —
können, have no use for.
gebräuchlich, usual, customary.
Gebüsch, n., (collective) bushes.
Gedanke, -n, m., thought.
Gedeck, -e, n., cover, articles for
setting a table.
Geduld, f., patience.
geehrt, honored; *in formal cor-
respondence* esteemed *or simply*
"dear." (*p. 113, l. 5*).

geeignet, fit, appropriate.

gefährlich, dangerous.

gefallen, ie, ie, suit, please; fich — laſſen, put up with.

Gefallen, m., favor, kindness.

gefällig, agreeable, obliging.

Gefängniß, -ſſe, n., prison.

gegen, toward, against.

gegenſeitig, mutual, reciprocal.

Gegenteil, contrary, reverse.

gegenüber, opposite, in presence of.

Gehalt, "er, m., salary.

Geheimniß, -ſſe, n., secret, mystery.

geheimnißvoll, mysterious.

gehen, ging, gegangen, go, walk, "work"; gut —, be well.

Gehirn, -e, n., brain.

gehorchen, obey, "mind."

gehören, belong to, be essential for.

gehorſam, obedient.

Geiſt, -er, m., spirit, ghost, brains, genius.

Geiſterwelt, f., spirit world.

Geld, -er, n., money.

Gelegenheit, -en, f., opportunity, occasion.

gelehrt, learned; (as noun) scholar.

geleiten, escort.

gelingen, a, u, (impersonal) succeed.

gelitten, see leiden.

gemütlich, goodnatured, hearty, cheerful.

genau, close, strict, intimate.

genieren, embarrass, be in the way.

Gentleman,-men, m., gentleman

genug, enough.

genügen, suffice.

Gepäck, n., baggage, luggage.

gerade, quite, just, frankly.

geradezu, simply, outright.

gerecht, just.

gereizt, irritated, vexed.

gern, -e, gladly; es — thun, like to do it; — haben, be fond of.

Geſang, "e, m., canto, "Book," song.

Geſchäft, -e, n., business.

geſchehen, a, e, happen, be done.

Geſchichte, -", f., affair, story, history.

geſchloſſen, exclusive, private. See ſchließen.

Geſchmack, "e, m., taste, flavor.

Geſchwätz, -e, n., chatter, babbling.

Geſellſchaft, -en, f., company, society.

Geſetz, -e, n., law.

Geſicht, -er, n., face.

geſpannt, curious, intent.

Geſpenſt, -er, n., ghost, apparition.

Geſpielin, -nen, f., playmate.

Geſpräch, -e, n., conversation.

Geſtalt, -en, f., form, figure.

Geſte, -n, f., gesture.

geſtehen, -ſtand, -ſtanden, confeſſ admit.

geſtern, yesterday.

geſtrig, yesterday's.

gefucht, popular, in demand.

gefund, sound, healthy.

getroft, confident; without hesitation.

Gewalt, -en, *f.*, fierce, violence.

gewinnen, a, o, win, gain.

gewiß, sure, certain.

Gewiffen, *n.*, conscience.

Gewiffensfrage, -n, *f.*, case of conscience.

Gewitterluft, *f.*, sultry air (presaging a storm).

gewohnt, accustomed to.

gewöhnen, accustom.

gewöhnlich, usual, customary, commonplace.

gewünscht, desired, "you wished" (*p. 103, l. 15*).

geziert, affected.

giftig, poisonous, "mortal."

Gipfel, —, *m.*, summit, top.

Gitter, —, *n.*, lattice.

Gitterthor, -e, *n.*, latticed gate.

glänzend, brilliant.

Glas, "er, *n.*, glass.

glauben, believe, think.

Gläubiger, —, *m.*, creditor.

gleich, alike, equally, at once, from the first.

gleichgültig, indifferent, equivalent, all the same.

Glied, -er, *n.*, limb, member.

Glück, *n.*, luck, fortune, success; zum —, fortunately.

glücklich, lucky, fortunate, happy.

gnädig, gracious; meine Gnädige, my (most gracious) lady.

Goldstück, -e, *n.*, gold coin.

Gott, "er, *m.*, God.

Gotteswillen, um, for goodness' sake.

gottlob, God be praised.

Gouvernante, -n, *f.*, governess.

Graben, ", *m.*, ditch.

grade = gerade.

gratulieren, congratulate.

grau, gray, livid, tipsy.

Grazie, -n, *f.*, grace.

greifen, i, i, grasp.

Grieche, -n, *m.*, Greek.

Grille, -n, *f.*, whim, (*pl.*) "blues."

grob, rude, rough.

Grobheit, -en, *f.*, incivility, insolence.

groß, great, large; (*p. 6, l. 10*) with surprise.

Großmut, *f.*, magnanimity.

Grund, "e, *m.*, ground, reason; im —e, at bottom, in the main, after all.

Grundsatz, "e, *m.*, principle.

grüßen, greet, present compliments to.

Gummischuh, -e, *m.*, rubber overshoe.

Gunst, *f.*, favor.

gut, good, kind, well, agreeable, nice; schon —, all right; — sein, be fond of; es — haben, be well off.

Gut, "er, *n.*, estate.

Güte, *f.*, goodness.

gütig, kind, gracious.

Gutsbesitzer, —, *m.*, country gentleman.

$\mathfrak{H}$

$\mathfrak{Haar}$, -e, *n.*, hair.

$\mathfrak{haben}$, $\mathfrak{hatte}$, $\mathfrak{gehabt}$, have; $\mathfrak{was}$ $\mathfrak{haft}$ $\mathfrak{du}$ *or* $\mathfrak{was}$ $\mathfrak{haben}$ $\mathfrak{Sie}$, what's the matter? *or* what's on your mind? (*p. 52, l. 8 and p. 81, l. 16*).

$\mathfrak{Haftbefehl}$, -e, warrant (of arrest).

$\mathfrak{Haha}$, ha, ha!

$\mathfrak{Halali}$, *n.*, halloa-hoa!

$\mathfrak{halb}$, half.

$\mathfrak{halber}$, for the sake of, on account of.

$\mathfrak{Hals}$, $\text{\textquotedblright}$e, *m.*, neck.

$\mathfrak{halt}$, hold! halt!

$\mathfrak{halten}$, ie, a, hold, keep, hold *or* keep back; — $\mathfrak{für}$, take for, consider.

$\mathfrak{Hand}$, $\text{\textquotedblright}$e, *f.*, hand.

$\mathfrak{handeln}$, act, behave, negotiate; $\mathfrak{sich}$ --- $\mathfrak{um}$, be a question of.

$\mathfrak{Handkoffer}$, —, *m.*, traveling bag.

$\mathfrak{hangen}$, i, a, hang.

$\mathfrak{hängen}$, hang.

$\mathfrak{hart}$, hard.

$\mathfrak{Häscher}$, —, *m.*, bailiff.

$\mathfrak{Hase}$, -n, *m.*, hare.

$\mathfrak{Hauptfehler}$, —, *m.*, chief defect.

$\mathfrak{Hauptsache}$, -n, *f.*, main point.

$\mathfrak{Haus}$, $\text{\textquotedblright}$er, *n.*, house; $\mathfrak{zu}$ —e, at home; $\mathfrak{nach}$ —e, homeward, home.

$\mathfrak{häuslich}$, domestic.

$\mathfrak{Haut}$, $\text{\textquotedblright}$e, *f.*, skin, hide.

$\mathfrak{heben}$, o, o, lift.

$\mathfrak{Hecke}$, -n, *f.*, hedge.

$\mathfrak{heftig}$, violent, passionate.

$\mathfrak{Heil}$, *n.*, salvation, happiness.

$\mathfrak{heilen}$, cure.

$\mathfrak{heimlich}$, private, secret.

$\mathfrak{heiraten}$, marry.

$\mathfrak{heißen}$, ie, ei, be called, mean, signify; $\mathfrak{das}$ $\mathfrak{heißt}$, that is to say, that may well be called; $\mathfrak{es}$ $\mathfrak{heißt}$, it's high time to.

$\mathfrak{Held}$, -en, *m.*, hero.

$\mathfrak{Heldentat}$, -en, *f.*, heroic deed.

$\mathfrak{helfen}$, a, o, help, do good to, avail.

$\mathfrak{hell}$, clear, bright.

$\mathfrak{hem}$, hem!

$\mathfrak{Henker}$, —, *m.*, hangman; $\mathfrak{zum}$ —, confound it.

$\mathfrak{her}$, hither, ago; $\mathfrak{hin}$ $\mathfrak{und}$ —, up and down.

$\mathfrak{herab}$, down (this way).

$\mathfrak{herab'kommen}$, come down.

$\mathfrak{herablassend}$, condescending, affable.

$\mathfrak{herab'steigen}$, descend, step down.

$\mathfrak{herab'treten}$, step down.

$\mathfrak{heran}$, on, along.

$\mathfrak{heran'rücken}$, advance, push on.

$\mathfrak{heran'treten}$, step up, come near.

$\mathfrak{herauf}$, up hither.

$\mathfrak{heraus}$, out; $\mathfrak{immer}$ — $\mathfrak{mit}$ $\mathfrak{der}$ $\mathfrak{Sprache}$, come right out with it.

$\mathfrak{heraus'brechen}$, break out, come out.

$\mathfrak{heraus'bringen}$, bring out, utter.

$\mathfrak{heraus'kommen}$, come out, show.

$\mathfrak{heraus'nehmen}$, take out; $\mathfrak{sich}$ —, select.

heraus'fagen, speak out.
heraus'widfeln, disentangle, get out of trouble.
herbei'holen, fetch, bring on.
her'eilen, hasten up.
herein, in, hither, come in!
her'geben, give here, hand over.
her'gehen, go on, happen.
her'fommen, come hither, approach.
Herr, -en, m., gentleman, Mr., sir; —gott, goodness!
herrlich, glorious, grand, splendid.
Herrschaft, -en, (collective) opposite of Dienerschaft, employers, master and mistress.
her'schaffen, get here, procure.
herum, about, around; um ... —, round about.
herum'gehen, go around.
herunter, down, off.
herunter'ziehen, pull down or off.
hervor'suchen, pick out, select.
Herz, -en, n., heart.
Herzensferl, boy after (my) heart.
Herzenswunsch, "e, m., dearest wish.
herzig, dear, charming.
herzlich, hearty, cordial.
hetzen, hunt, pursue, provoke.
Hetzjagd, -en, f., chase (as with hunting dogs).
Heuchelei, -en, f., hypocrisy, dissimulation.
Heulerei, -en, f., wailing, whining.

heute, heut', heut, today; — abend, this evening; — morgen, this morning; —zutage, nowadays.
hier, here.
hierher, hither, come here!
hierher'lenfen, turn or guide this way.
hierher'nehmen, bring here.
Hierfein, n., presence.
Himmel, m., heaven, sky.
Himmelsmufe, -n, f., heavenly muse.
hin, hence, gone; wo ... —, whither.
hinan, up (thither).
hinan'gehen, go up.
hinauf, up (thither); up stairs.
hinauf'fteigen, ascend, mount up.
hinans, out, get away (p. 80, l. 11).
hinaus'bringen, bring out.
hinaus'gehen, go out.
hinaus'laufen, run out.
Hindernis, -ffe, n., obstacle, hurdle.
hinein, in (thither).
hinein'fallen, fall in, be "taken in."
hinein'fommen, get in.
hinein'schieben, shove in.
hin'führen, lead or guide away.
hin'halten, hold out, stretch out.
hinken, limp.
hin'legen, lay down.
hin'fehen, look (away) at.
hinten, in the rear.

hinter, hinder, rear, behind;
    schnell — einander, in quick suc-
    cession; — haben, have left
    behind, have finished with
    (p. 35, l. 15).
Hintergrund, "e, m., background.
hinunter, down (thither).
hinunter'rufen, call down.
hinweg'schrecken, start away (in
    fright).
hinzu'treten, step up to, join in.
hm = hem.
hoch, high, extreme; höchste Zeit,
    high time.
hochachtungsvoll, with the great-
    est respect.
Hochzeit, -en, f., wedding.
Hof, "e, m., court; etwas den —
    zu machen, do a little courting
    (p. 59, l. 14).
hoffen, hope.
hoffentlich, "I hope."
Hoffnung, -en, f., prospect.
höflich, courteous, polite.
höher, higher. See hoch.
höhnisch, sneering, scornful.
holen, go or come to get, take.
Holz, "er, n., wood.
Holzstoß, "e, m., woodpile.
horchen, listen to, obey.
Horeb, Horeb.
hören, hear; ließe nichts von sich
    —, did not let himself be heard
    from (p. 48, l. 7).
Hose, -n, f., (pl.) trousers,
    breeches.
Hotel, -s, n., hotel.
hübsch, pretty, nice, pleasant.

Huld, f., grace, favor.
Hülfe, -n, f., help.
Hummer, -n, m., lobster.
Hund, -e, m., dog.
hundert, hundred.
Hunger, m., hunger.
hungern, go hungry, starve.
Husten, m., cough.
Hut, "e, m., hat.
Hypothek, -en, f., mortgage.

J

Ideal, -e, m., ideal.
Idee, -n, f., idea, notion.
Ihrethalben, for your sake.
Imbiß, -e, m., lunch.
immer, ever, always; auf — for-
    ever; — noch, still.
immerfort, continually.
immerhin, always, in spite of
    everything, after all.
in, in, into, on, to, at, within.
indem, while, as, since.
indes, meanwhile.
Indien, m., India.
inkommodieren, incommode, in-
    convenience.
inmitten, in the midst.
inner, inner.
Instrument, -e, n., instrument.
interessant, interesting.
Interesse, -n, n., interest.
interessieren, interest; sich —,
    take an interest.
irgend, any, ever, at all; — je-
    mand, anybody, some one.
ironisch, ironical.

Irren, be mistaken.
Irrtum, ᵉʳ, *m.,* error, mistake.
ißt, *see* essen.
Italien, *n.,* Italy.

J

ja, yes, just, even, of course, well, "you know."
Jagd, -en, *f.,* hunt.
Jagdgesellschaft, -en, *f.,* hunting party.
jagen, hunt.
Jahr, -e, *n.,* year.
Jammergestalt, -en, *f.,* pitiable creature.
jawohl, yes indeed, certainly.
je, always; (*with comparatives*) — ... — ..., the ... the ...
jeder, every, each, everybody (*p. 39, l. 24*).
jedenfalls, in any case, at all events.
jedermann, everybody.
jemand, anybody, someone.
jener, that, the other, the former.
jetzig, present.
jetzt, now; erst —, not till now.
Jugend, *f.,* youth.
jung, young.
Junge, -n, *m.,* lad, youth.

K

Kairo, Cairo.
kalt, cold.
Kamel, -e, *n.,* camel, "sissy," blockhead (*p. 99, l. 21*).

Kamillenthee, camomile tea.
Kamin, -e, *m.,* fireplace (*p. 54, l. 5*). [waiter.
Kammerdiener, —, *m.,* valet,
Kampf, ᵘe, *m.,* combat, struggle, effort.
kann, *see* können.
Kanone, -en, *f.,* cannon.
Kapitel, —, *n.,* chapter, subject.
Kapuze, -n, *f.,* hood.
Karl, Charles.
Karte, -n, *f.,* card, (*pl.*) hand (at cards).
Kasse, -n, *f.,* money-box; bei —, in funds.
kaufen, buy.
kaum, scarcely.
Kehle, -n, *f.,* throat.
kehren, turn.
kein, no, none, no one, not one.
kennen, kannte, gekannt, know.
Kenntnis, -sse, *f.,* information, acquirements.
Kerker, —, *m.,* prison.
Kerl, -e, *m.,* fellow, "boy."
Kind, -er, *n.,* child.
Kinderschuh, -e, *m.,* child's shoe.
kitz(e)lig, ticklish, touchy.
kläffen, yelp.
kläglich, pitiful.
klappen, clap.
klassisch, classical.
Klavierspielen, *n.,* piano playing
Kleid, -er, *n.,* clothes, dress.
kleiden, clothe, dress.
klein, small, little, short.
kleinlaut, low spirited, cast down, quiet.

flettern, climb.

flimpern, jingle, clink.

flingen, a, u, sound, ring.

flopfen, knock, beat; es flopft, somebody knocks.

Klopfton, "e, m., spirit-rapping.

Klub, -s, m., club.

flug, clever, intelligent.

fnabenhaft, boyish.

fneifen, fniff, gefniffen, pinch.

fnöpfen, button.

Koch, "e, m., cook.

fochen, cook, boil.

Koffer, —, m., trunk, traveling-bag.

Komfort, m., comfort.

fomifch, comical.

fommen, fam, gefommen, come, happen.

Komödie, -n, f., comedy.

fonfiscieren, confiscate.

fonfus, confuse, puzzled.

Konfufion, confusion, perplexity.

König, -e, m., king.

Konfurrenz, -en, f., competition.

fönnen, fann, fonnte, gefonnt, can, know how, be able, may.

Konftruftion, -en, f., construction.

Kontraft, -e, m., contract.

Kopf, "e, m., head, brains, character; auf den — ftellen, turn upside down; wo mir der — fteht, what I'm about; fich den — zerbrechen, rack one's brains, worry.

Kopfniden, n., nod.

Korb, "e, m., basket.

Körbchen, n., little basket.

Körper, m., body.

förperlich, material, embodied.

Koft, f., food.

Koften, (pl.) expenses.

foften, taste.

foften, cost.

Kragen, —, m., collar, bands, the German cleric wears two strips of starched linen ("bands") below the chin.

frant, ill, sick.

Krapüle, f., vulgarity.

friegen, get.

fümmern, fich um, care for, concern oneself about.

Kunde, -n, m., customer.

Kunde, -n, f., news, information.

Kunft, "e, f., art, skill.

Kunftftück, -e, n., trick, feat.

Kunftwerf, -e, n., work of art.

Künftler, —, m., artist.

furieren, cure.

furios, queer, curious.

furz, short, brief.

füffen, kiss.

Küfter, —, m., sacristan.

füfterhaft, semi-clerical, like a sacristan.

L

lächeln, smile.

lachen, laugh.

Lage, -n, f., situation, position

Land, "er, n., land, country.

Landfiß, -e, m., country seat.

Landftraße, -n, f., high road.

lang, long; —e, a long while.
langen, reach.
langweilen, weary, bore.
langweilig, tedious.
Lärm, m., noise, bustle, fuss.
lärmen, make a noise; p. 66, l. 22 used as noun, noises.
lassen, ließ, gelassen, let, leave, leave off, let alone, allow, (p. 52, l. 4) be quiet.
Laube, -n, f., arbor.
laufen, ie, au, run, go.
Laune, -n, f., mood, fancy.
laut, loud, aloud.
lauter, mere, nothing but, all.
leben, live.
Leben, n., life.
Lebensart, f., courtesy, good breeding.
Lebensglück, happiness, success.
lebenslänglich, for life, lifelong.
lebhaft, lively, brisk.
leer, empty.
legen, lay.
lehren, teach.
Lehrer, —, m., teacher.
Leib, -er, m., body.
Leibgericht, -e, n., favorite dish.
leicht, light, easy, easy-going, facile.
leichtgläubig, credulous.
leichtsinnig, frivolous, thoughtless. [sorry.
leid; es ist or tut mir —, I am
leiden, litt, gelitten, suffer, allow, put up with.
leidenschaftlich, passionate, impassioned.

leider, unfortunately, I am sorry to say.
leidlich, passable.
leise, low, soft.
leisten, perform, give, do; Gesellschaft —, entertain.
Lektion, -en, f., lesson.
Lektionsplan, "e, m., plan of lessons.
lenken, turn.
lernen, learn; kennen —, get acquainted with.
lesen, a, e, read.
letzt, last, latest; in der —en Zeit, recently.
leuchten, shine.
leugnen, deny.
Leute, (pl.) people, men.
Licht, -er, n., light.
lieb, dear, pleasing; —er, rather; —er sein, suit better; —st dearest; am —sten bleiben, prefer to stay.
Liebe, f., love.
lieben, love, like.
liebenswürdig, amiable, nice.
Liebling, -e, m., darling.
Lieblingspastete, -n, f., favorite pie.
Lied, -er, n., song.
liefern, furnish, give.
liegen, a, e, lie.
link, left; —s, to the left.
Litteratur, -en, f., literature.
Locke, -n, f., lock (of hair).
locken, entice, attract.
locker, loose; — lassen, let go.
London, London.

los, loose, free, rid of; go ahead!
auf . . . —, straight at.
lösen, solve, loosen.
los'gehen, start, begin.
los'lösen, loosen.
los'machen, disengage.
Löwe, -n, m., lion.
Luft, "e, f., air.
Lüge, -n, f., lie.
lustig, jolly, gay.

M

machen, make, do, cause, produce, play, get (p. 45, l. 5); —
daß, arrange it so that, hasten
to; sich —, do, go, come about.
mächtig, mighty.
Mädchen, —, n., girl.   [chen.
Mädel, -s, n., (familiar) = Mäd=
mag, see mögen.
Magen, —, m., stomach; den
— verderben, get sick.
magnetisch, magnetic.
Mahlzeit, -en, f., meal.
Mal, -e, time, turn.
mal (for einmal), just.
malerisch, picturesque.
Malheur, n., misfortune, bad
luck, accident.
man, one, people, they.
manch, many, many a.
manchmal, often.
Manier, -en, f., manner.
Mann, "er, m., man, husband.
Mantel, ", m., mantle.
Mantille, -n, f., mantilla (lady's
mantle).

markieren, mark, emphasize (by
gesture).
Marotte, -n, f., whim, notion.
Maske, -n, f., mask, face, theatrical make up.
Materialisation, -en, f., materialization.
Mathematik, f., mathematics.
matt, checkmated.
Mauer, -n, f., wall.
Maus, "e, f., mouse.
Medaillon, -s, n., medallion (in
a locket).
Medium, -dien, n., medium.
mehr, more; —er, several.
Meile, -n, f., mile (see p. 75, n. 1).
meinen, think, mean.
meinethalben, on my account,
for my sake.
meinetwegen, so far as I am
concerned, "I'm willing."
meist, most.
melden, tell.
Menge, -n, f., multitude, mass,
lot.
Mensch, -en, m., man, person,
(pl.) people.
Menu, -s, n., menu, bill of fare.
merken, observe.
merkwürdig, remarkable.
Methode, -n, f., method.
Meute, -n, f., hunting pack.
Miene, -n, f., expression, look.
Miete, -n, f., rent.
Ministerium, -ien, n., ministry.
Misogynie, f., hatred of womankind.
Miß, f., Miss.

mißfallen, ie, a, displease, be disagreeable to. [cious.

mißtraulich, distrustful, suspi-

mißverstehen, –ſtand, –ſtanden, misunderstand.

mit, along with, in company, also, with, by.

mit'bringen, bring with.

mit'fangen, catch together with.

mit'gehen, go along with.

mit'hangen, hang together with.

mit'kommen, come with.

mit'nehmen, take along with.

mit'reiten, ride together with.

Mitte, f., middle, centre (door of the stage).

mit'teilen, impart, tell.

Mitteilung, –en, f., communication, information.

Mittel, —, n., means; —s, by means of.

Mittelglied, –er, n., connecting link.

Mittelthür, –e, f., middle door.

möchte, see mögen.

Mode, –n, f., fashion.

modern, modern, fashionable.

mögen, mag, mochte, gemocht, like, care to; (as auxiliary) may.

möglich, possible.

Moment, –e, m., moment.

Monat, –e, m., month.

Mond, –e, m., moon.

Moneten, (pl.) coin, cash.

Monſtrum, –tra, n., monstrosity.

Mordsmädel, "killing girl."

Morgen, —, m., morning; —s, in the morning.

morgen, tomorrow.

Mormone, –n, m., Mormon.

Moncherous, (pl.) mushrooms.

müde, tired.

Mühe, –n, f., trouble, pains; ſich — geben, take pains.

Mund, –e, m., mouth.

mürriſch, grumbling, sullen.

Muſeum, –een, n., museum.

Muſik, f., music.

muſikaliſch, musical.

Muſikſtunde, –n, f., music lesson.

muſizieren, play or practise music.

müſſen, muß, mußte, gemußt, be obliged to, have to; (as auxiliary), must.

Mut, spirit, courage, mood; mir iſt zu mute, I feel.

Mutter, ", f., mother.

mütterlich, maternal.

myſtifizieren, mystify.

N

na, come now! well!

nach, after, behind, toward, to, by, at, in, for, about, of; — Hauſe, (toward) home.

Nachbar, –n, m., neighbor.

Nachbarſchaft, –en, f., neighborhood.

nachdem, after.

nach'deuten, think over, reflect.

nachdenklich, reflecting, thoughtful.

nach'dunkeln, grow darker (with age).

Nachfrage, -n, f., inquiry.

nach'gehen, go after, follow.

nachher, later, afterward.

nach'kommen, come after, follow, comply with.

nachmittags, in the afternoon.

nach'reiten, ride after.

Nachricht, -en, f., news, notice, report.

nach'sehen, look after, follow with a look.

nächst, see nah.

nächstens, "next thing," very soon, by and by.

Nacht, "e, f., night.

nah(e) (p. 84, l. 13), comp. näher, near, close; nächst, next; (as noun) neighbor; in den —en Tagen, in the immediate future, soon.

Nähe, f., vicinity, neighborhood.

naiv, artless.

Name, -n, m., name.

nämlich, same, very same, "you know," though, for.

Narr, -en, m., fool.

Narrenhaus, insane asylum.

Nase, -n, f., nose.

natürlich, naturally, of course.

neben, beside, by the side of.

Nebensache, -n, f., secondary consideration, incidental.

necken, tease.

Neckerei, -en, f., teasing.

Neffe, -n, m., nephew.

nehmen, a, genommen, take.

Neid, m., envy, jealousy.

nein, no.

'nem = einem.

nennen, nannte, genannt, name, call.

nervös, nervous.

Nest, -er, n., nest.

nett, nice, neat, pretty.

neu, new, fresh; —st, latest.

Neugier(de), f., curiosity.

neugierig, curious.

Neuigkeit, -en f., news, piece of news.

neulich, recently.

neun, nine; -t, ninth; —zehnt, nineteenth.

New=York, n., New York.

nicht, not; durchaus —, not at all; auch —, not . . . either.

nichts, nothing.

nie, never.

nieder'drücken, press or weigh down.

nieder'schlagen, cast down.

nieblich, pretty, nice.

niemals, never.

niemand, nobody.

nimmt, see nehmen.

nobel, aristocratic, generous stylish.

noch, yet, as yet, still, further; — ein, another; — einmal, once more; immer —, still; weder . . . noch, neither . . . nor.

nochmals, once more, again.

Note, -n, f., note, (pl.) sheet music.

notwendig, necessary, indispensable.

nötig, necessary.

Notiz, -en, f., notice.
nun, well.
nur, only; — nicht, please don't
(be); — noch, still; komm' —,
come on !

O

O, O!
ob, whether, if, I wonder if.
oben, above.
öde, desolate, deserted.
oder, or.
offen, open, frank.
Offenheit, f., openness, candor.
offerieren, offer.
öffnen, open.   [ly.
oft, often; öfter, often, frequent-
oh, oh!
ohne, without, but for.
Ohnmacht, -en, f., fainting fit.
oho, oh, ho!
Ohr, -en, n., ear; über die —en,
"over head and ears."
Oleanderblüte, -n, f., oleander
blossom.
Onkel, — and -s, m., uncle.
Opfer, —, n., victim.
ordentlich, orderly, regular,
proper, good, downright, "like
everything."
ordnen, regulate, arrange.
Ordnung, -en, f., order.
Original, -e, n., queer fellow.

P

Paar, -e, n., air; (as adjective)
few, couple of.
packen, pack.

Paket, -e, n., bundle, file (of pa-
pers).
Papa, -s, m., papa.
Papier, -e, n., paper, document.
Paradies, -e, n., paradise.
Pardon, m., pardon.
Parforce-Anzug, "e, m., hunting
dress.
Parforcejagd, -en, f., stag hunt.
parieren, rein in (a horse).
Park, -e, m., park.
Partei, -en, f., party, side; —
nehmen, take sides, espouse a
cause.
Partie, -n, f., game.
passen, suit, fit.
passend, suitable, proper.
passieren, happen.
passioniert, eagerly interested.
Pastete, -n, f., pie.
Patience, f., solitaire (cards).
Patient, -en, m., patient.
Pause, -n, f., pause, stop, rest.
Pech, n., bad luck, misfit or poor
clothes (p. 15, l. 14).
pedantisch, pedantic.
Peitschengeknall, n., cracking of
whips.
Pension, -en, f., boarding school.
Perle, -n, f., pearl.
Persien, n., Persia.
Person, -en, f., person, charac-
ter.
petto, reserve (p. 108, l. 24).
Pfahl, "e, m., post.
pfeifen, pfiff, gepfiffen, whistle.
Pferd, -e, n., horse; zu —e, on
horseback.

Pferdebahn, –en, _f._, street railway, horse car.   [dealer.

Pferdehändler, —, _m._, horse

Pfiff, –e, _m._, whistle.

Pflege, _f._, care, nursing.

Pflicht, –en, _f._, duty.

Pforte, –n, _f._, door.

Pfund, –e, _n._, pound.

pfuschen, botch, bungle.

Pfuscher, bungler.

Philister, —, _m._, common _or_ vulgar fellow, cad, bumpkin.

Photographie, –n, _f._, photograph.

photographieren, photograph.

Pianino, –s, _n._, upright piano.

Piano, –s, _m._, piano.

pikant, fascinating, piquant.

Pilz, –e, _m._, mushroom.

Pistole, –n, _f._, pistol.

plagen, torment, tease.

Plaid, –s, _m._, plaid, cloak, (Scotch).

Plan, "e, _m._, plan.

Platz, "e, _m._, place; — nehmen, take a seat.

Plätzchen, little place.

platzen, burst.

plaudern, chat, chatter.

plötzlich, sudden, abrupt.

Politik, _f._, politics, policy.

Ponnys, ponies.

Portemonnaie, –s, _n._, purse.

Portier, –s, _m._, door keeper.

Portion, –en, _f._, portion, share.

Portwein, –e, _m._, port wine.

prächtig, splendid, gorgeous, capital.

Praktikus, _m._, man of business.

präsentieren, present.

Prinzipal, –e, _m._, employer, chief.

probieren, try, test.

Promenade, –n, _f._, walk, promenade.

promenieren, take a walk.

proponieren, propose.

prüfen, prove, test, examine.

pst, stop! look here! hush!

Psychograph, –en, _m._, planchette.

Punkt, –e, _m._, point, spot.

pünktlich, prompt, punctual.

Q

Quäker, —, _m._, Quaker, Friend.

Quartier, –e, _n._, lodging, quarters.

quartieren, quarter.

quer, diagonal; — durch, right across.

R

Rat, "e, _m._, council, advice.

raten, ie, a, advise.

Rätsel, —, _n._, riddle.

rauchen, smoke.

räumen, quit.

raus = heraus.

rauswerfen, throw _or_ count out.

Rausch, "e, _m._, intoxication (_see p. 100, note 2_).

räuspern, sich, clear one's throat.

Rechenschaft, –en, _f._, account.

Rechnung, –en, _f._, bill, debt.

recht, right, proper, agreeable; very.

Recht, right, justice; — haben, be right; einem — geben, admit that one is right; —8, to the right; nach —8, toward the right; von —8, from the right (of the stage). [season.

rechtzeitig, opportune, in good

Rede, -n, f., speech, account.

reden, talk; mit sich — lassen, be willing to discuss (a subject), listen to reason.

Redensart, -en, f., phrase, (pl.) words without significance.

rege, active.

regen, stir, bestir.

Regenschirm, -e, m., umbrella.

regieren, rule, govern.

reiben, ie, ie, rub.

reich, rich.

reichen, reach, hold out.

Reihe, -n, f., row; der — nach, in turn.

rein, pure, absolute.

Reise, -n, f., journey, trip.

reisen, travel, set out.

Reisetasche, -n, f., hand bag.

reißen, i, gerissen, tear, drag, snatch.

reiten, ritt, geritten, ride.

Reiter, —, m., rider.

Reitstock, "e, m., riding whip, crop.

reizen, excite, irritate, attract.

reizend, attractive, charming.

Rentier, —, m., man of independent means, gentleman.

retirieren, sich, retire, withdraw.

Retter, —, m., deliverer.

Rezept, -e, n., prescription.

richten, arrange.

richtig, right, normal (p. 18, l. 6).

riechen, o, o, smell.

riskieren, risk.

ritterlich, chivalrous, knightly.

Rock, "e, m., coat.

Rolle, -n, f., rôle, part, character.

Rose, -n, f., rose.

rosig, rosy.

rot, red, flushed.

Ruck, -e, m., jolt, jerk.

Rücken, —, m., back.

rücken, move, stir.

Rücksicht, -en, f., respect, regard, consideration; — nehmen auf, show or have respect for.

rudern, row.

rufen, ie, u, call, summon; wie gerufen, opportunely (p. 96, l. 9).

Ruhe, f., rest, repose, peace.

ruhen, rest.

ruhig, quiet.

rühren, stir.

ruinieren, ruin, wreck.

rumoren, make a racket.

S

Säbel, —, m., sabre.

Sache, -n, f., thing, business, case, subject.

sagen, say, tell; will —, means (p. 65, l. 2); was Sie —, you don't mean it! can it be!

Salon, —8, m., parlor.

Saltomortale, double somersault.

Salz, -e, n., salt.

sammeln, collect.

Sammlung, -en, f., collection.

Sand, m., sand.

San Francisco, n., San Francisco.

sanft, gentle, mild.

satteln, saddle.

sauer, sour, cross, bitter, wry
(p. 25, l. 3).

Scene, -n, f., scene.

Schach, n., check.

Schachtel, -n, f., box; alte —,
"ancient female," "old baggage."

Schade, -n, m., damage, loss, in-
jury.

schade, that's a pity! sehr —, too
bad! wie —, what a pity!

schaffen, u, a, form, create.

schaffen, do, work; sich zu —
machen, occupy oneself, keep
busy.

Schaude, -n, f., shame, disgrace.

scharf, sharp, keen.

scherfsinnig, acute.

Schatten, —, m., shadow, shade
(spirit).

schätzen, prize, esteem, consider.

schauderhaft, awful, terrible.

scheinen, ie, ie, seem.

Schelte, -n, f., reprimand, scold-
ing.

schelten, a, o, reprimand, scold.

schenken, give, grant.

Scherz, -e, m., jest, fun.

scherzen, jest, make fun.

scheußlich, dreadful, horrid.

schicken, send; sich —, be proper.

schieben, o, o, shove, push.

schießen, o, geschossen, shoot; sich
mit einem —, have a duel with
someone.

schildern, picture, describe.

Schirm, -e, m., umbrella.

Schlaf, m., sleep.

schlafen, ie, a, sleep.

Schlafmütze, -n, f., "sleepy
head."

schlagen, u, a, strike, beat, hit,
knock; sich —, fight (a duel),
put (p. 96, l. 4); gebe mich ge=
schlagen, admit my defeat (p.
88, l. 8).

schlecht, bad, "mean."

schleichen, i, i, slink, sneak.

schließen, o, geschlossen, shut, close.

schließlich, finally, in the end,
however.

schlimm, bad, dangerous.

Schlingel, —, m., rascal.

Schloß, "er, n., castle, manor-
house (p. 27, l. 1).

Schlüssel, —, m., key.

schmecken, taste (good).

schmeicheln, flatter, wheedle, ca-
jole.

Schmerz, -en, m., pain, grief.

schmiegen, sich, cling to, "snug-
gle."

schneiden, schnitt, geschnitten, cut;
Cour —, go courting.

Schneider, —, m., tailor.

schnell, quick.

Schnitt, -e, m., cut, pattern.

schon, already, besides, only, surely, even.

schön, beautiful, fine; certainly.

Schöpfer, —, m., maker, Creator.

Schrank, "e, m., book-case.

Schraube, -n, f., screw, "old woman."

Schreck, -e, m., fright.

schrecken, frighten.

schrecklich, terrible, dreadful.

schreiben, ie, ie, write.

Schreibtisch, -e, m., writing table.

schreien, ie, ie, cry, shriek.

schroff, rough.

schüchtern, shy, timid, bashful.

Schuld, -en, f., debt, fault, guilt, disobedience.

Schuldgefängnis,-ffe,n., debtor's prison.

schuldig, indebted, guilty; — sein, owe.

Schuldturm, "e, m., debtor's prison.

Schule, -n, f., school, instruction, style (p. 57, l. 25).

Schülerin, -nen, f., pupil.

Schulter, -n, f., shoulder.

Schulweisheit, philosophy of the schools, commonplace wisdom.

Schürze, -n, f., apron.

Schuß, "sse, m., shot, bang! fire away!

schütteln, shake.

Schutz, m., protection.

Schützling, -e, m., protégé.

schwach, weak, feeble, faint.

Schwank, "e, m., farce.

schwarz, black.

schwatzen, chatter.

schweigen, ie, ie, be silent.

schwer, heavy, difficult.

Schwiegersohn,"e, m., son-in-law.

schwierig, difficult.

sechs, six; —t, sixth; —zehnt, sixteenth; —stündig, lasting six hours.

Seele, -n, f., soul.

Segen, —, m., blessing.

sehen (sehn), a, e, see, look; p. 57, l. 11, permit.

Sehnsucht, f., longing, aspiration.

sehr, very, much, greatly.

sein, be, be the matter with; sollen —, mean; da—, exist.

seit, since, for.

Seite, -n, f., side, point of view; bei —, aside.

Seitenblick, -e, m., side-glance, look askance.

Sekundant, -en, m., second (in a duel).

selbst, -self or -selves; even.

Selbstvertrauen, n., self-confidence.

selten, seldom, rare.

senden, sandte, gesandt(or regular), send.

sentimental, sentimental.

servieren, serve.

Sessel, —, m., seat.

setzen, set, put; sich —, sit down.

seufzen, sigh, groan.

ſicher, sure, safe, certain.

ſichtbar, visible.

ſieben, seven; —t, seventh; ſieb=
zehn, seventeen; ſiebzehnt,
seventeenth.

ſiegesbewußt, with a conqueror's
assurance.

ſieht, *see* ſehen.

Signal, -e, *n.,* signal.

Sinai, *n.,* Sinai.

ſingen, a, u, sing.

ſinken, a, u, sink.   [position.

Sinn, -e, *m.,* sense, mind, dis-

Sittſamkeit, *f.,* modesty.

Situation, -en, *f.,* situation.

Sitz, -e, *m.,* seat.

ſitzen, ſaß, geſeſſen, sit, "do time"
(in prison), fit (clothes); —
laſſen, abandon; — bleiben, sit
still.

Skalp, -e, *m.,* scalp.

ſo, so, thus, as, indeed; — ein,
such a, a kind of a.

ſoeben, just.

ſofort, at once.

Sohn, ⁰e, *m.,* son.

ſolch, such, such a.

ſolid, reliable, prudent.

ſollen, shall, will, be to, have to,
be said to, ought to, mean.

ſonderbar, strange, odd.

ſondern, but.

Sonne, -n, *f.,* sun.

Sonnenſtich, -e, *m.,* sunstroke.

Sonntag, -e, *m.,* Sunday.

ſonſt, else, formerly, besides.

Sorge, -n, *f.,* care, anxiety,
trouble; ſich —n machen, worry.

ſorgen, be anxious, attend to,
provide.

Sorte, -n, *f.,* sort, kind, species.

ſoviel, as much, so much.

ſowie, so as, as soon as.

Spaß, ⁰e, *m.,* sport, fun.

ſpät, late; —er, afterwards.

ſpazieren, walk; — gehen, take
a walk.

ſpedieren, despatch.

Speiſe, -n, *f.,* food.

ſperren, shut.

Spezies, —, *f.,* species.

Sphäre, -n, *f.,* sphere.

Spiel, -e, *m.,* play, game, playing, pack (of cards).

ſpielen, play, jest, make sport;
ſich —, occur.

Spiritismus, *m.,* spiritualism.

Spiritiſt, -en, *m.,* spiritualist.

ſpitz, sharp, acute, piqued (*p. 65,
l. 5*).

Spleen, *m.,* ill humor, spleen.

ſpöttiſch, mocking, ironical.

Sprache, -n, *f.,* speech, language;
heraus mit der — (*p. 64, l. 10*),
out with it!

ſprechen, a, o, speak, talk to; zu
—, at home (*p. 16, l. 15*).

ſpringen, a, u, spring, jump.

Sprung, ⁰e, *m.,* jump.

Stab, ⁰e, *m.,* staff.

Stand, ⁰e, *m.,* stand, position,
state, situation, condition; im
—e, well kept up (*p. 88, l. 16*).

Standpunkt, -e, *m.,* point of view.

ſtark, strong, "pretty steep."

ſtatt, instead of.

ſtattfinden, take place, occur.

Statut, -en, n., statute, regulation.

ſtaunen, be astonished, stand aghast.

ſtecken, stick, put, place, be hidden or involved in.

ſtehen, ſtand, geſtanden, stand, be, go; — bleiben, stop, stand still.

ſtehlen, a, o, steal.

ſteif, stiff, formal.

ſteigen, ie, ie, climb, get up (on).

Stein, -e, m., stone, rock.

Stelle, -n, f., place, spot, situation.

ſtellen, place, set, lay, put, fix.

Stellung, -en, f., position, situation.

ſterben, a, o, die.

Stich, -e, m., thrust, trick (cards).

ſticheln, "prod," hint (p. 100, l. 22).

Stiefel, —, m., boot.

ſtill, still, calm, silent.

Stimme, -n, f., voice.

ſtimmen, dispose.

Stimmung, -en, f., mood.

Stirn(e), -en, f., brow.

Stock, ⁻e, m., cane.

Stöckchen, little cane.

ſtören, disturb, interrupt, hinder, intrude.

ſtoßen, ie, o, hit, strike.

Straße, -n, f., street, road.

Streich, -e, m., prank.

ſtreifen, strip.

ſtreiten, i, i, fight, quarrel, dispute.

ſtreng, strict, severe.

Stück, -e, n., piece, article; — Wild, deer.

ſtudieren, study.

Studierſtübchen, —, n., little study.

Studierzimmer, —, n., study.

Studium, -ien, n., study.

Stufe, -n, f., step, rank.

Stuhl, ⁻e, m., chair.

Stulpe, -n, f., turned top (of riding boots).

ſtumm, mute.

Stunde, -n, f., hour, lesson.

Sturm, ⁻e, m., storm.

ſtürmiſch, stormy, boisterous.

Sturz, ⁻e, m., tumble, (violent) fall.

ſtürzen, plunge, tumble; hurl.

ſtützen, prop, support.

Subjekt, -e, n., subject.

ſuchen, seek, try to find.

ſühnen, conciliate, expiate, atone for.

Sumpf, ⁻e, m., bog.

Sünde, -n, f., sin.

ſüß, sweet.

T

Tag, -e, m., day.

Takt, -e, m., time (in music).

Talent, -e, m., talent.

Tante, -n, f., aunt.

tappen, grope (one's way), flounder along.

Tasche, -n, f., pocket.

Taſchendieb, -e, m., pickpocket.

tauchen, dive.

Taugenichts, _m._, "good-for-nothing."

täuschen, deceive, disappoint.

tausend, thousand; —mal, a thousand times; alle —, good gracious!

Teil, -e, _m._, part; teils, partly.

teilen, divide.

Teilnahme, _f._, sympathy.

Telegramm, -e, _n._, telegram.

telegraphieren, telegraph.

Teller, —, _m._, plate.

teuer, dear, precious.

Teufel, —, _m._, devil (_see p. 109, n. 1_).

Teufelskerl, -e, _m._, deuce of a fellow.

Thee, _m._, tea.

theoretisch, theoretical.

Thor, -e, _n._, gate, door.

Thor, -en, _m._, fool.

Thorheit, -en, _f._, folly, (_pl._) foolishness.

Thräne, -n, _f._, tear.

thun, that, gethan, do, perform, put; thut gut, feels good; thut nichts, does not matter; — zu, put with, add to.

Thür(e), -en, _f._, door.

Tinte, -n, _f._, ink.

Tisch, -e, _m._, table.

Tischrücken, _n._, table tipping.

Titel, —, _m._, title.

toben, get wild, storm, "sow one's wild oats."

Tochter, ", _f._, daughter.

Tod, _m._, death.

Toilette, -n, toilet, dressing.

toll, crazy, wild, odd, frantic.

Tollheit, -en, _f._, mad act, excentricity, foolish trick.

Ton, "e, _m._, tone.

Tory, -ies, _m._, tory.

tot, dead.

total, total, absolute, utter.

Trab, _m._, trot.

tragen, u, a, bear, carry, wear, sustain.

trauen, trust.

Traum, "e, _m._, dream.

träumen, dream.

treffen, a, o, meet, find, come to.

treiben, ie, ie, push _or_ carry on.

Treppe, -n, _f._, (flight of) steps, (pair of) stairs.

treten, a, e, step.

trinken, a, u, drink.

tritt, _see_ treten.

Triumph, -e, _m._, triumph.

trocken, dry.

trocknen, dry, wipe away.

trostlos, comfortless, inconsolable.

trüb(e), troubled, dull, dim.

Tuch, "er, _n._, cloth, handkerchief.

tüchtig, fit, able, good, strong, "hard."

U

übel, ill, wrong, bad.

über, over, above, by reason of, across, during, after, about.

überall, everywhere.

überdrüffig, tired, bored, disgusted.

Übereilung, precipitancy, overhaste.

überflüffig, superfluous.

überfüllen, over fill, surfeit.

überhaupt, in general, upon the whole, at all.

überlaffen, ie, a, let pass, give up, leave to.

überlegen, ponder over, weigh, consider presumptuous.

übermütig, over bold, insolent, in high spirits.

überrafchen, surprise.

Überrafchung, -en, f., surprise.

überfehen, a, e, oversee, look over.   [tion.

Übertreibung, -en, f., exaggera-

übertrieben, ie, ie, exaggerated, ultra.

überwinden, a, u, overcome.

überzeugen, convince.

übrig, left, left over, other; (as noun) remainder, rest.

übrigens, moreover, besides.

Uhrfette, -n, f., watch chain.

um, around, about, near, for, at, in order (to).

umarmen, embrace.

Umarmung, -en, f., embrace.

umdrehen, turn around

umfaffen, clasp.

umhängen, hang around or over, drape.

umher, around.

umher'fchleichen, slink or sneak around.

umher'fehen, look around.

umher'fuchen, hunt around.

Umfchreibung, -en, f., circumlocution, paraphrase, "beating around the bush."

um'fehen, look around.

um'finfen, sink (fainting).

umfonft, for nothing, in vain.

Umftand, "e, m., circumstance; (pl.) inconvenience, formality; Umftände machen, stand in ceremony; ohne Umftände, informally.

um'wenden, turn over or about, reverse.   [able.

unausftehlich, odious, insupport-

unbedeutend, insignificant.

unbegreiflich, incomprehensible.

unbeholfen, awkward.

unbemerft, unnoticed.

unbefonnen, thoughtless, inconsiderate.

unbeforgt, easy, unconcerned.

und, and.

unendlich, endless, "ever so much."

unerwartet, unexpected, sudden.

ungedulbig, impatient.

ungelegen, inopportune.

ungeftört, undisturbed.

ungeftüm, impetuous, blustering.

Unglück, -e, n., ill fortune, mishap, disaster.

unglücflich, unhappy, unfortunate.

unheimlich, uncanny, uneasy.

Unmenfch, -en, m., inhuman or cruel person.

unmöglich, impossible.
unrecht, wrong; — haben, be wrong.
unruhig, uneasy, restless.
unschuldig, innocent.
Unsinn, *m.*, nonsense.
unten, below, down stairs.
unter, under, among.
unterbleiben, ie, ie, cease, be discontinued.   [settle.
unter'bringen, shelter, house,
unterdrücken, suppress, repress, keep down.
unter'fassen, give one's arm (as support).
unterhalten, ie, a, entertain.
unter'kommen, find lodging, be provided for.
Unterkommen, *n.*, lodging.
Unterredung, -en, *f.*, conversation.
Unterricht, -en, *f.*, instruction.
unterrichten, instruct, teach.
Unterrichtsstunde, -n, *f.*, lesson hour.
untersagen, forbid.
Unterschrift, -en, *f.*, signature.
unverschämt, impudent, pert.
unverständlich, incomprehensible.   [spot.
unverzüglich, instantly, on the

V

Vampyr, -e, *n.*, vampire.
Vater, *̈*, *m.*, father.
Veilchen, —, *n.*, violet.
verabreden, agree upon, plan.

veraltet, antiquated.
Veranda, -s, *f.*, veranda.
verändern, alter, change.
verantwortlich, responsible.
verbessern, improve; sich —, reform.
Verbeugung, -en, *f.*, bow.
verbindlich, obliging *or* obliged; danke —st, "much obliged"!
verbringen, -brachte, -bracht, spend, pass (time).
verdammt, confounded, confound it!
verderben, a, o, spoil, destroy.
verdienen, earn, deserve.
verdrehen, twist; verdreht, "crack-brained."
verdrießlich, cross, out of humor.
verehren, honor, admire.
Vereinigung, -en, *f.*, union, agreement.
verfolgen, pursue.
Verfügung, -en, *f.*, disposal.
verführerisch, enticing, seductive.
Vergangenheit, *f.*, past.
vergeblich, vain, fruitless.
Vergebung, *f.*, pardon, forgiveness.
vergessen, a, e, forget.
Vergnügen, *n.*, pleasure, satisfaction, comfort.
verhaften, arrest.
verhalten, ie, a, hold, remain, behave, be.
Verhältnis, -ffe, *n.*, relation, condition, situation.
verhelfen, a, o, help to get.
verhungern, starve.

verknüpfen, connect.
verlangen, desire, demand.
verlaſſen, ie, a, abandon, leave;
ſich — auf, rely on.
verlegen, embarassed.
Verlegenheit, -en, f., embarass-
ment, confusion, scrape.
verletzen, injure, hurt, wound.
verlieben (ſich . . . in), fall in love
with; verliebt, in love.
verlieren, o, o, lose.
Verlobung, -en, f., betrothal.
vermiſſen, miss.
vermittelſt, by means of.
vermutlich, presumable.
vernünftig, reasonable, sensible.
verraten, ie, a, betray, reveal.
verreiſen, set out (on a journey).
verrückt, "crazy."
verſchaffen, get, procure.
verſchnappt, "caught"!
verſchweigen, ie, ie, conceal, keep
secret.
verſchwinden, a, u, vanish.
Verſehen, n., oversight, slip,
blunder.
verſichern, assure, insure.
verſinken, a, u, sink away.
verſöhnen, reconcile, conciliate,
expiate.
verſpotten, ridicule, deride.
verſprechen, a, o, promise.
Verſtand, m., understanding; bei
—e ſein, be in one's right
mind.
verſtändig, sensible, reasonable,
intelligent.
verſtecken, hide.

verſtehen, –ſtand, –ſtanden, under-
stand; verſteht ſich, of course!
verſtimmt, out of tune, "out of
sorts."
verſuchen, try.
Verſuchung, -en, f., temptation.
verſunken, absorbed. See verſinken.
verteidigen, defend, stand up for.
verteilen, distribute.
vertieft, sunk in thought, absorbed. [gether.
vertragen, u, a, ſich, get on to-
vertrauen, confide in; vertraut,
intimate, confidential, (as
noun) confidant, confidential
friend.
Vertrauen zu, confidence in.
vertreten, a, e, represent, assume
responsibility for.
Vertreterin, -nen, f., representa-
tive.
verwandt, related, connected.
verweiſen, ie, ie, rebuke, censure.
verwickelt, involved, complic-
ated.
Verwickelung, -en, f., entangle-
ment, "snarl," "mess."
verwirren, confuse; verwirrt,
perplexed.
verwundern, ſich, be surprised,
be amazed; —t, astonished.
verzaubern, enchant, bewitch.
verzeihen, ie, ie, pardon, excuse.
Verzeihung, f., pardon.
verzweifeln, despair; zum Verzweifeln, enough to make a
man desperate.

Better, —, *m.*, cousin.
viel, much, many.
vielleicht, perhaps.
vielmals, often.
vier, four; —t, fourth; —zehnt, fourteenth.
vierdimenfional, quaternary.
vollkommen, perfect, complete.
vollständig, entire, perfect.
von, of, from, by.
vor, for, before, against, because of, with, from, since, ago.
vorbei, past, over, done with; — mit dem fprechen, all up with any chance to talk (*p. 93, l. 9*).
vorbei'gehen, go past, pass by.
vor'beugen, hinder, prevent.
vorder, front.
Vorgang, "e, *m.*, occurence, incident.
Vorgänger, —, *m.*, predecessor.
vor'haben, intend, be occupied with, be about.
Vorhang, "e, *m.*, curtain.
vorher, beforehand, before, in front, a while ago.
vorhin, just now.
vorig, former.
vor'kommen, happen, seem.
vor'läufig, provisional, in the meantime, for the present.
vor'lesen, read aloud.
Vormittag, -e, *m.*, forenoon; vormittags, mornings, in the morning.
vorn(e), in front (of the stage).
vornehm, distinguished, aristocratic.

vor'nehmen, take up, undertake, intend. [pear.
Vorschein, *m.;* zum — kommen, ap-
vor'schlagen, propose.
Vorschrift, -en, *f.*, regulation, instruction.
vor'sehen, foresee, provide for.
Vorsicht, *f.*, foresight, precaution.
vorsichtig, cautious.
vor'spielen, play (before some one).
vor'stellen, introduce; sich —, imagine, represent oneself (as).
Vorstellung, -en, *f.*, idea, conception, introduction.
Vortrag, "e, *m.*, presentation, explanation, lecture.
vor'tragen, present, read aloud, lecture.
vortrefflich, excellent, capital.
vor'treten, step forward.
Vortritt, -e, *m.*, precedence; — lassen, give precedence to.
vorüber'gehen, go past, pass by.
Vorurteil, -e, *n.*, prejudice.
vorwärts, forward, go ahead!
vorwurfsvoll, reproachful.
Vorzug, "e, *m.*, preference, merit, good quality. [able
vorzüglich, excellent, remark-

W

Waare, -n, *f.*, ware, goods; gesuchte —, goods in demand.
wachen, be awake, sit up.
Wachtel, -n, *f.*, quail.

wacker, brave, honest.

wagen, dare.

Wagen, —, m., carriage.

Wahl, -en, f., choice, election.

wählen, choose, select, elect.

wahnsinnig, "crazy."

wahr, true.

wahren, preserve, keep safe.

während, while, during, in the course of.

wahrhaftig, really, indeed.

Wahrheit, -en, f., truth.

wahr'nehmen, notice, avail oneself of.

wahrscheinlich, probably.

Wald, "er, m., forest, wood.

Wand, "e, f., wall.

wann, when.

warm, warm.

warnen, warn.

warten, wait.

warum, why.

was, what, that, that which; — für, what sort of.

Wasser, —, n., water.

Wechsel, —, m., change, bill of exchange, promissory note.

wecken, arouse, waken.

weder, neither (with noch = nor).

Weg, -e, m., way, road.

weg, away, gone.

weg'schicken, send away.

weh, woe; weh or Oh, weh, Oh, dear! — thun, hurt, grieve.

Weib, -er, n., woman, wife.

weich, soft, tender.

weichen, i, i, yield, retire, go away.

Weihe, -n, f., consecration; "bouquet," (p. 42, l. 20).

weihen, consecrate.

weil, because.

weinen, weep, cry.

Weise, -n, f., manner, way.

weisen, ie, ie, show.

weiß, see wissen.

weiß, white.

weit, wide, far, far along; —er, further, longer, on; —er nichts, nothing else.

weiter'spielen, keep on playing.

welch, who, which, what, that.

Welt, -en, f., world, society; alle —, everybody.

Weltumsegler, —, m., "globe trotter."

wenden, wandte, gewandt (and regular), turn.

wenig, few, little.

Wenigkeit, f., insignificance; meine—, "little I" (p. 46, l. 11).

wenigstens, at least.

wenn, when, as soon as; if, in case.

wer, who, he who, whoever.

werden, warb or wurde, geworden, become, come, be, be made.

werfen, a, o, throw.

wert, worth, worthy, dear.

Wesen, n., being, creature.

weshalb, why.

wetten, bet, wager.

Wetter, —, n., weather, storm; alle —, thunderation!

Whig, -s, m., Whig.

Whist, n., whist.

wichtig, important.
wickeln, twist, wrap.
widerrufen, ie, u, retract, "take back."
widerstehen, –stand, –standen, oppose, withstand.
widerstreben, resist.
wie, how, as, as if, like, than.
wieder, again; immer —, over and over.
wieder'geben, give back.
Wiederhall, -e, m., echo.
wieder'kehren, return, come again. [again.
wieder'kommen, come back or
wieder'sehen, see or meet again; auf W—, au revoir, till we meet again.
Wild, n., game (hunting); Stück —, deer.
will, see wollen.
Willen, —, m., will.
willkommen, welcome.
Willkommen, m., reception, welcome.
Windmühlenflügel, —, m., windmill sails.
winken, beckon; signal (p. 53, l. 27); wave (p. 67, l. 2).
wirklich, real, true, genuine.
wirr, confused.
Wirt, -e, m., host, landlord.
Wirtin, –nen, f., landlady, housekeeper. [age.
wirtschaften, keep house, man-
Wirtshaus, "er, n., inn.
wissen, weiß, wußte, gewußt, know, know how.

Wissenschaft, -en, f., science.
Witz, -e, m., wit, witticism.
wo, where, in which, when.
woher, whence.
wohin, whither.
wohl, well, perhaps, probably, I wonder, I suppose; mir ist —, I feel well, I'm all right.
wohlhabend, well-to-do.
wohnen, lodge, live. [ing.
Wohnung, –en, f., lodging, dwell-
wollen, will, wollte, gewollt, will, wish, want, intend, be about to; — sagen, mean (p. 65, l. 2); durchaus —, insist on; höher hinauf —, have higher aspirations (p. 7, l. 8).
womit, with which, (p. 58, l. 27, supply "the talk").
Wort, -e, and "er, word.
wozu, why, what ... for (p. 21, l. 26).
Wunder, —, n., wonder, miracle.
wundern, (refl.) marvel, be astonished. [ing.
wundervoll, wonderful, charm-
Wunsch, "e, m., wish, desire.
wünschen, wish, desire.
würdig, worthy.
Wurst, "e, f., sausage.

3

zahlen, pay.
zart, tender, fond.
zärtlich, tender, fond.
Zauberer, —, m., wizard, sorcerer.

zehnt, tenth.

zeigen, show, point out.

Zeit, -en, f., time.

zeitig, at the right time, seasonable.

Zeitung, -en, f., newspaper.

zerbrechen, a, o, break, rack (brains).

zerstreut, absent minded, distracted.

Zerstreuung, f., distraction, preoccupation.

Zettel, —, m., bit of paper, note, bill, memorandum.

Zeug, -e, n., stuff, material (cloth).

Zeuge, -n, m., witness.

Zeugnis, -sse, n., testimonial.

ziehen, o, o, pull, bring, attract, call; sich —, extend, go.

Zimmer, —, n., room.

Zirkus, —, m., circus.

zittern, quiver, tremble.

zögern, hesitate.

Zopf, "e, m., braid (of hair); "pig tail."

zu, to, along with, at, in, on, by, for, in order to, to the house of; too.

züchtigen, chastise.

zucken, shrug (shoulders).

Zuckerwerk, n., candy, flattery, "taffy."

zu'drehen, turn toward.

zudringlich, importunate, officious.

zuerst, first, at first.

zufällig, accidental.

zufrieden, content.

Zug, "e, m., move (chess), train (cars), feature.

Zugabe, -n, f., (anything given as) extra, "make-weight."

zu'gehen, go toward.

zugleich, at the same time.

zu'halten, hold toward or out to

zu'hören, listen to.

zu'klappen, close.

zu'knöpfen, button up (coat).

zu'kommen, come up, approach.

Zukunft, f., future.

zu'laufen, run up.

zuletzt, at last.

zupfen, pluck, pull.

zurechnungsfähig, accountable.

zürnen, be irritated or angry.

zurück, back.

zurück'erhalten, receive back.

zurück'fahren, step or start back.

zurück'geben, give back.

zurück'kommen, come back.

zurück'nehmen, take back, retract.

zurück'schlagen, push back, repel.

zurück'treten, step back, recede.

zurück'weichen, give way, recede, shrink back.

zurück'ziehen, draw back; sich —, withdraw.

zusammen, together.

zusammen'fahren, shrink (with fear), start back.

zusammen'flicken, patch together.

zusammen'halten, hold together; sich —, keep together.

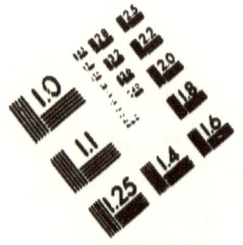

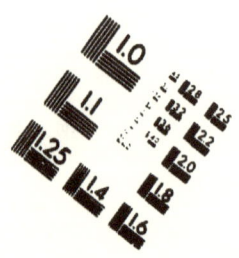

**IMAGE EVALUATION
TEST TARGET (MT-3)**

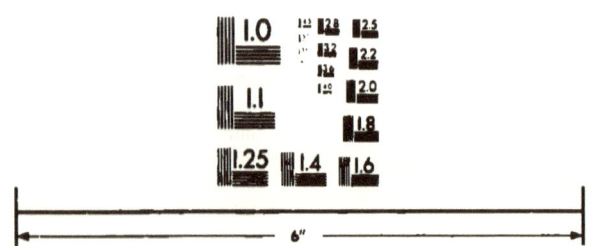

Photographic
Sciences
Corporation

23 WEST MAIN STREET
WEBSTER, N.Y. 14580
(716) 872-4503

zuſammen'laufen, run together.

zuſammen'legen, lay *or* put together.

zuſammen'nehmen, (*refl.*) collect oneself, gather one's strength.

zuſammen'ſprechen, talk together.

zu'ſchneiden, cut out.

zu'ſehen, look on.

zu'ſtimmen, agree, accord, harmonize, suit.   [sent.

Zuſtimmung, -en, *f.*, assent, con-

zu'trauen, (*with dative*) expect of, believe one capable of.

zu'treten, step up.

Zuverſicht, *f.*, confidence.

zuviel, too much.

zuvor'kommen, get ahead of.

zu'wenden, turn toward.

zwanzig, twenty; —ſt, twentieth.

zwar, of course, to be sure.

zwei, two; —t, second; —mal, twice.

zweifelhaft, doubtful.

zweifeln, doubt.

Zweifler, —, *m.*, doubter, sceptic.

zwicken, pinch.

zwingen, a, u, force, compel.

zwiſchen, between.

zwölft, twelfth.